KB074348

최강 현령 10권 완결

초판1쇄 펴냄 | 2020년 04월 13일

지은이 | 홍정표
발행인 | 성열관

펴낸곳 | 어울림 출판사
출판등록 / 2009년 1월 23일 제 2015-000062호
주소 / 경기도 고양시 일산동구 무궁화로 43-55, 801호 (장항동, 성우사카르타워)
TEL / 031-919-0122
FAX / 031-919-0127
E-mail / 5ullim@hanmail.net

값 8,000원

ISBN 978-89-992-6439-9 (04810)
ISBN 978-89-992-6034-6 (SET)

〈완결〉
10
홍정표 무협 장편소설
어울림

최강 현령

목차

앵속 유포자를 잡다

“어서 오십시오. 장 어사님! 소주학관의 안태주라 합니다.”

우강도 그에게 답례했다.

“반갑습니다. 관장님. 제가 괜히 관장님을 번거롭게 해드린 것은 아닌지 걱정이 됩니다.”

그러자 학관의 관장이 손사래를 쳤다.

“아닙니다. 오히려 저희가 영광이지요. 대과에 급제하신 어사님이 직접 강의를 해주신다니, 강소성에서 저희 학관이 이제 최고가 되는 일만 남았습니다. 아마도 곧 이 사실이 퍼지면 저희 학관에 등록하려는 유생들이 구름같이 줄을 설 것입니다."

"아! 그러면 다행이고요. 제가 괜한 오지랖을 떤 게 아닌지 걱정하고 있었는데……."

"어사님, 제가 수업을 맡고 계시는 교수진을 소개해 드리려 합니다. 인사들 나누시지요."

우강은 그들과 유교의 예법에 따라 인사를 하고 본인의 일행들도 소개했다.

인사를 하면서 우강은 유심히 관장과 교수진을 살폈지만 겉으로 봐서는 다들 그저 명망이 높고 학식을 두루 갖춘 유학자들로 보였다.

'음, 당장은 알 수 없군. 차차 알 수 있겠지…….'

우강은 그들의 안내로 학관 내부로 들어가며 예리한 눈으로 주변을 살폈다.

우강의 보좌역을 맡은 이들도 마찬가지였다.

하지만 공부하던 유생들이 우강을 보려 우르르 쏟아져 나오자 우강은 다른 곳으로 눈을 돌릴 수 없었다.

그때였다. 많은 유생을 보며 손을 흔들다 보니 문득 머릿속을 스쳐 지나가는 것이 있었다.

'아차차, 유생들도 조사해봐야 하는데 이를 빠뜨렸구먼! 나중에 인연이 닿은 3명의 유생에게 물어봐야겠다. 최근에 새로 들어온 유생은 없는지 등등……. 하여튼 내가 온다는 것을 저들이 알고 있으니 무공을 철저히 숨기려 할

거야.'

이후 시끌벅적한 환영행사가 끝나고 우강의 특강이 시작되었다.

예상외로 관장과 교수진들이 수업을 참관하는 바람에 우강은 그들까지 신경 쓰느라 오롯이 수업에만 집중할 수밖에 없었다.

하루가 그리 흘러갔다. 별다른 소득 없이…….

다음 날, 우강과 일행들은 예정된 수업시간보다 한 시진이나 일찍 소주학관에 도착했다.

우강이 들어서자 지나가던 유생들이 아는 척을 해왔다.

"안녕하세요, 어사님! 어제 강의는 정말로 뼈에 새길 만한 명강의였습니다."

우강은 일일이 그들에게 인사를 하며 시간을 끌었다.

"아! 그렇다면 정말 다행입니다. 학구열에 불타는 여러분의 모습을 보니 제가 기분이 좋아지려고 합니다."

이때, 관장이 허겁지겁 달려오는 모습이 우강의 눈에 보였다.

'음. 저기 오는군. 일단은 걸음걸이를 살펴보면 그가 무공을 익힌지 알 수 있을 터…….'

하지만 아무리 봐도 평범한 걸음걸이였다.

우강은 넌지시 일행들을 보았지만 그들 모두 미미하게 고개를 저었다.

'음. 1단계는 실패로군. 생각보다 용의주도한 자로구나…….'

관장이 숨찬 모습으로 우강에게 말을 걸어왔다.

"어사님. 아침 일찍 오셨습니다."

우강은 천연덕스럽게 말했다.

"아! 제가 원래 아침잠이 별로 없어서 할 일도 없고 해서 일찍 왔습니다. 사실은 제가 학관을 다닌 적이 없어서, 짬을 내서 학관 구석구석을 살펴보려고요. 사람 일이란 모르는 것이지 않겠습니까? 제가 나중에 은퇴해서 학관을 차릴지도……. 아! 걱정하지 마십시오. 학관을 차려도 고향 근처에 차릴 테니 말입니다. 하하."

관장은 사람 좋은 얼굴로 미소 지었다. 하지만 속으로는 이를 갈고 있었다.

'저놈이 강의나 조용히 하고 갈 것이지, 날 번거롭게 하는구나! 설령 목적이 있다 한들, 티끌만큼도 이상한 점을 찾을 수 없을 거다.'

관장은 할 수 없이 본인이 안내를 자처했다.

사실 관장이 그리하리라는 것은 이미 예상한 바였다.

주변에서 보는 눈이 많았으니까…….

"어사님. 제가 학관 구석구석을 보여드리겠습니다. 어사님의 눈에 찰지는 모르겠지만, 유생들이 면학에 집중할 수 있도록 줄곧 신경은 써왔습니다."

우강은 관장을 보며 과장된 몸짓으로 손을 흔들었다.

"아닙니다. 관장님, 어찌 제가 관장님께 폐를 끼친단 말입니까. 그냥 제가 쓱 둘러봐도 되는데요."

"어사님. 그건 아니 될 말씀이지요. 이리 귀한 발걸음을 해주셨는데, 어사님께 그건 예의가 아니지요. 그리하지 않으면 제가 마음이 편치 않으니, 부디 혜량해주십시오."

그러자 우강은 고개를 숙였다.

"아이고, 이거 제가 감사해서 몸 둘 바를 모르겠군요. 그러면 잘 부탁드립니다. 관장님."

우강은 그리하고는 일행들에게 고개를 돌렸다.

"자네들은 이곳에 있게. 난 관장님과 오붓하게 다닐 테니……."

그들이 동시에 대답했다.

"네. 그리하겠습니다."

우강은 관장보다 먼저 발걸음을 옮기며 말했다.

"자, 관장님 가시지요."

순간 관장의 눈썹이 살짝 꿈틀거리다 사라졌다.

"네, 제가 저쪽부터 안내하겠습니다."

그 순간 금여울은 속으로 회심의 미소를 지었다.

관장의 눈썹이 미미하게 움직이는 것을 보았기 때문이다.

이는 장경, 장용도 눈치채지 못했지만 그녀는 계속 안력을 돋우어 그를 살피고 있었기에 가능했다.

그리고 사실 우강이 저리 행동한 것은 지난밤 머리를 맞대고 숙고한 결과였다.

우강이 관장과 같이 있는 사이, 그들이 학관 내부를 정탐할 예정이었지만 망외의 소득으로 관장이 금여울에게 걸려든 거였다.

금여울은 즉시 우강에게 전음을 보냈다.

우강은 사정을 듣고 뭔가 내부에 구린 게 있는 것이 틀림없다고 판단했다.

우강이 전음으로 그녀에게 말하며 자신만만한 표정을 지었다.

—수고했소. 자. 그럼 작전대로 행동을 개시하시오. 난 기회를 봐서 으슥한 곳에서 관장을 어찌해 보리다. 심령금제술을 가미한 심어로 말이오.

우강은 관장의 안내를 받으며 호시탐탐 기회를 노렸다.

우강은 관장이 아예 내공이 없거나 내공을 폐쇄한 것이라 믿고 있었다.

만약 자신에 버금갈 고수라면 똥 지게꾼을 자처하며 복잡하게 일을 꾸미지는 않을 거로 생각했다.

우강은 금여울에게는 전혀 내색하지는 않았지만 관장 주변에 누군가, 제 3자가 자신과 관장을 지켜보고 있다는 생각을 전혀 배제하지 않고 있었다.

고도의 귀식대법이든 뭐든, 자신의 이목을 가릴 수 있는 무공은 얼마든 존재한다고 우강은 생각했다.

자신도 그와 같은 무공을 시전할 수 있으니까…….

관장은 일각여 동안 돌아다니며 우강에게 학관 내부를 설명했다.

우강은 그의 이야기에 귀를 기울이면서 동시에 사람의 인기척이 없는 으슥한 곳을 살폈다.

그때, 우강의 얼굴에 미소가 감돌았다. 측간을 발견한 것이다.

우강이 배를 만지며 그를 바라보았다.

“으음, 관장님. 제가 음식을 잘못 먹었는지, 배가 좀 아프군요.”

관장은 속으론 천불이 났지만 얼굴색 하나 변하지 않았다.

친절하게 자신의 손으로 측간을 가리켰다.

“저곳입니다. 측간이…… 윽!”

바로 그 순간, 우강은 재빨리 그의 혈도를 제압해 점혈했다. 아혈까지도…….

그리고 곧장 그를 측간으로 끌고 가려고 했다.

한데, 그때 대기가 출렁거리기 시작했다.

우강의 직감처럼 그와 관장의 주변에는 제 3의 인물이 존재한 거였다.

그는 우강이 관장을 기습해서 제압하자 눈살을 찌푸렸다.

'음 저놈이 또! 우리 일을 방해하려 드는구나. 학관에 놈이 온다길래 긴가민가해서 와봤거늘, 역시 멍청한 관장이 꼬리를 밟힌 것이었어…….'

우강은 몸이 뻣뻣하게 굳어버린 관장의 허리를 붙잡고 이동하려는 찰나, 관장을 향해 따가운 살기가 다가옴을 느꼈다.

하지만 너무나 은밀한 살기라 가까이 다가온 순간에야 겨우 감지할 수 있었다.

그곳도 사각지대에서…….

만일 살기가 자신을 향했다면야 무슨 방법이라고 써보겠지만, 그의 몸이 아닌 관계로 방어에 이것저것 제약이 많았다.

'이런, 젠장! 관장이 죽으면 내가 살인자로 내몰릴 수도 있겠는데…….'

우강은 여러 방법을 순간적으로 떠올렸다.

하지만 관장을 잡아당겨 피신시키기에는 시간이 너무 촉박했다.

'음. 할 수 없다. 내가 대신 당해주지…….'

우강은 그 즉시 본인의 신형을 날렵하게 움직여 관장을 몸으로 감싸 안았다.

바로 그때 날카로운 송곳 같은 것이 그의 등을 강하게 찔렀다.

우강은 오만 인상을 다 쓰며 얼굴을 일그러뜨렸다.

'우씨! 더럽게 아프네…….'

우강이 두른 6겹의 호신강기가 적을 공격을 막아냈다고는 하나, 아픈 건 아픈 거였다.

우강은 관장을 바닥에 자빠뜨리고 주변을 둘러보았다.

하지만 그 어디에도 어둠의 적은 보이지 않았다.

'음. 엄청 재빠르고 고도의 은잠술을 익힌 자구나……. 이런 절기를 보유한 자라면 살수계통이 틀림없다.'

우강이 나름 적의 은잠술에 감탄한 사이에 은신한 적 또한 우강의 호신강기에 혀를 내둘렀다.

'음. 소문보다도 더 대단한 자다. 나의 유리검을 호신강기로 막아내다니……. 이대로 도망칠까? 아니야 그러면 우리의 정체가 탄로 날 수가 있어…….'

적이 진퇴양난에 빠져 있는 사이, 우강도 적을 어떻게 상대할까 골몰하고 있었다.

전에 화미궁의 곽미교에게 염력으로 당한 전례가 있는 우강은 그 방법을 써서 적의 내력운행을 방해할까도 생각해보았다.

'아니야, 그 방법은 최후로 남겨두자. 일단은 내가 쓸 수 있는 수단을 다 써보고…….'

우강이 작전을 구상하는 사이 적의 재차 공격이 시작되었다.

쐐애액…….

우강이 기척을 감지한 순간, 적의 검 끝이 우강의 인후혈(咽喉穴)로 치고 들어왔다.

호신강기가 가장 약한 부위일 뿐만 아니라 뚫리면 바로 즉사할 수 있는 사혈이었다.

우강은 날카로운 바람소리와 적의 살기를 뒤늦게야 인지했다.

우강의 반응이 보통보다 느려진 것은 적이 은둔술의 대가이기도 했지만, 적의 병기가 가진 장점이 크게 한몫했다.

적의 검은 눈에 잘 보이지 않는 투명검이었다.

유리를 특수 가공해 만든 검에 자신의 내력을 검의 표면에 입혀, 단단하기 그지없는 검을 만들었다.

적의 유리검이 우강의 호신강기를 뚫고 인후혈을 강타하려는 찰나, 우강은 목을 기형적으로 꺾었다.

우강의 목이 그 자신의 등에 닿았다.

그러자 동시에 마치 목뼈가 부러지는 듯한 소리가 밖으로 새어 나왔다.

두두둑.

적의 유리검이 어이없이 허공을 찌르자 한숨 돌린 우강

은 빠른 손놀림으로 자신의 기검을 보이지 않는 적을 향해 휘둘렀다.

서슬 퍼런 우강의 검이 강력하게 공간을 장악해 들어갔지만 바닥에는 핏방울이 떨어지지 않았다.

우강은 자신의 극쾌가 빗나가기는 처음이라 눈이 휘둥그레졌다.

'음, 대단한 자다. 이형환위(移形換位)가 극에 다다른 자다. 도대체 정체가 뭐지…….'

적 또한 간신히 우강의 공격 범위에서 벗어나고서는 이를 악물었다.

'저놈이 천축의 유가술까지 익혔다니… 오늘은 길보다 흉이 많을 것 같구나. 할 수 없다. 내 마지막 비전절예를 써야겠다. 저놈을 암기로 정신 못 차리게 한 다음 재빨리 지둔공(地遁功)을 펼쳐 관장을 죽이고 사라져야겠다.'

적은 결심과 동시에 품속의 유리구슬을 우강을 향해 폭사했다.

아침 햇살에 반사된 유리구슬이 하늘 가득 우강을 향해 쏟아져 내렸다.

우강이 고개를 절레절레 흔들며 기검을 풍차처럼 돌리기 시작했다.

바로 검막을 펼쳐 자신과 관장까지 보호하려 했다.

텅텅텅.

우강이 쳐놓은 기막을 뚫지 못한 암기들이 일순간에 허공에서 통겨나갔다.

그 순간 우강은 반사적으로 눈을 내리깔았다.

관장이 무사한가를 확인하기 위해서였다.

'후유, 다행이다. 무사하군……. 엇! 이게 뭐지…….'

우강은 본인의 발바닥에서 미세한 진동이 느껴지자 긴장했다.

무공에 극에 가까운 고수라도 절대 알아챌 수 없는 기척이지만 다행히 우강은 가능했다.

바로 그가 천마군림보를 흉내 낼 수 있기 때문이었다.

천마군림보를 시전하기 위해서는 막대한 진기가 분출되어야 한다.

그렇기에 발바닥과 다리 전체의 주요 혈뿐만 아니라 미세 혈까지도 모두 막히지 않고 개방되어 있어야 했다.

그렇게 단련된 우강의 감각이 죽음의 끝에 다다른 관장의 목숨을 또 한 번 지켜낼 수 있었다.

우강은 미세한 진동을 눈으로 추적하다 10장 밖에서 흙이 파헤쳐져 있는 작은 구멍을 발견할 수 있었다.

'이런, 이자가 땅속을 파고들었구나…….'

그사이 진동이 점점 가깝게 들리기 시작하더니, 급기야는 자신의 발아래에서 느껴지기 시작하자 우강은 경악했다.

실로 예상을 뛰어넘는 엄청난 빠르기였다.

'이런 제길! 큰일 났다.'

우강은 순간적으로 기지를 발휘했다.

땅바닥에 누워 있는 관장을 발로 하늘 높이 차올림과 동시에 왼팔을 아래로 향했다.

문송에게 배운 십단금의 초현이었다.

우강의 장력이 땅바닥으로 맹렬히 쏟아지고 있을 때, 이미 적의 검 끝은 땅을 뚫고 나와 지상으로 삐죽 올라온 상태였다.

'잡았다…….'

적은 회심의 미소를 내비치다 이물감이 느껴지지 않자 아연실색했다.

'엇! 도대체 어디로 간 거야!'

하지만 그사이, 강력한 침투경인 십단금이 땅속에 있던 적을 기어이 결딴내고 말았다.

"아아악……."

구슬픈 비명과 함께 적이 땅속에서 몸부림쳤다.

우강은 힐끔 그 모습을 바라보다, 다시 눈을 위로 향해야 했다.

위로 차올린 관장이 다시 지상으로 떨어지고 있었기 때문이었다.

관장은 비록 우강에 의해 점혈 되었다고 하나, 정신만은 멀쩡했다.

하여, 아래로 떨어져 묵사발이 될 것 같은 공포심을 느끼곤 절로 비명을 터뜨리고 말았다.

아혈이 잡혀 제대로 소리가 나오지는 않았지만…….

"으으윽……."

우강은 떨어지는 그를 낚아채 측간의 문 앞에 비스듬히 눕히고, 얼른 주변을 둘러보았다.

누군가 보는 눈이 있는지 살펴보기 위함이었다.

우강은 안도의 한숨을 내쉬었다.

'후유, 다행이다.'

우강은 땅속이 요동 없이 조용한 것을 느끼고 적이 이미 절명했음을 알았다.

다시 한번 주변을 돌아본 우강은 죽은 정체 모를 자를 흙속에서 꺼내다, 그만 놀라 입을 다물지 못했다.

'아, 이런! 너무 가볍다고 생각했는데 여인이었다니……. 게다가 나신 상태의…….'

우강은 누가 볼세라, 얼른 자신의 겉옷을 벗어 그녀의 나신을 덮으며 중얼거렸다.

'고도의 은신술을 펼치는 자들은 옷을 입지 않는다고 들었는데, 그게 사실이었군.'

그녀의 내부는 엉망진창이겠지만 겉으로는 흙이 군데군데 묻어 있었지만 멀쩡했다.

한 가지 특이한 것은 손톱이 뾰족하게 길었다.

'음. 죽은 그녀는 저걸로 땅을 판 거군……. 아마 조법도 날카로운 경지였을 거야!'

우강은 스르륵 눈을 감았다.

자신이 처음 실전에서 써먹은 십단금의 위력에 대해 잠깐의 생각을 가지기 위해서였다.

우강은 지난번 문송에게 십단금을 전수받을 때를 떠올렸다.

뼈까지 으깨버리는 십단금의 마지막 초식까지 배우고 난 뒤, 문송이 말했었다.

'어사님. 이 마지막 초식은 사실 위력만 강할 뿐, 공격반경은 짧고 속도까지 느립니다. 하니, 실상에서는 그다지 써먹을 때가 별로 없습니다. 마지막 초식을 사용하지 않아도 살상력에서는 큰 차이가 없다는 말이지요.'

결국 십단금의 마지막 초식은 사람이 아니라 단단한 건물을 무너뜨릴 때 제격인 무공이었다.

우강도 이를 충분히 이해했기에 그녀를 공격한 것도 마지막 초식은 아니었다.

만약 마지막 초식을 전개했다면 그녀를 땅속에서 제대로 꺼내지도 못했을 터였다.

생각을 접은 우강이 다시 관장을 바라보았다.

눈과 눈이 마주치자 그가 애절하면서도 간절한 눈빛을

보냈다.

우강은 그를 보며 고개를 끄떡였다.

'음, 그가 할 말이 있는 듯하군…….'

"작은 소리로 말하시오!"

우강이 아혈을 풀어주자 그가 입을 열었다.

"다 말하겠습니다. 어사님."

"반드시 진실만 말해야 할 것이오, 추호의 거짓이라도 있다면 내 달리 방법이 있으니까."

"어사님! 여부가 있겠습니까, 어사님이시라면 저를 심령금제의 방법으로 알아내실 수도 있겠지요."

우강은 그가 내뱉은 말을 듣고 의외라 생각했다.

'이자가 무공은 변변치 않은데 아는 게 많군…….'

그가 술술 지난 과거를 불기 시작했다.

"저는 강소성 유림에서 암약하라고 밀명을 받은 마교의 특별 정찰사자입니다. 마교 내에서도 극소수만 아는 사실이지요. 마교의 명이 있기까지는 그저 평범하고 보통사람처럼 생활합니다. 그게 벌써 30년째로 접어들었고요."

"……."

"당연히 마기를 노출하면 안 되기에 내공은 익히지 않았고, 다만 그 대신에 외공을 극한으로 단련했습니다. 내가기공을 익힌 일류급 무사 정도는 우습게 상대할 수 있도록 말입니다."

우강은 이 상황에서 그가 장황하게 설명하는데도 눈살을 찌푸리지 않았다.

특히 마교도는 자신을 신교도라 호칭하는데 반해 관장은 전혀 그렇지 않았기에, 그가 이미 조직에 반감을 품고 있음을 파악했다.

어쨌든 우강은 자신이 왜 그에게서 무공의 흔적을 발견할 수 없었는지, 그의 설명을 듣고 납득할 수 있었다.

그렇지만 그가 간자로 활동한지가 30년째라는 말은 엄청난 충격이었다.

"그것이 정말이오? 30년째라는 것이……."

"네. 그렇습니다. 근데 저의 세 번째 상관이었던 정찰령주가 죽었다는 소식을 접하고는, 그 후론 불안한 마음에 좌불안석으로 지내왔지요. 그렇게 저희 조직의 근간이 흔들리기 시작할 무렵에 그녀가 제 앞에 나타난 거지요. 바로 어사님에게 죽은……."

"……."

"그녀는 현재 마교의 교주로 유력한 원로원 원주의 최측근이었습니다. 그리고 곧바로 그녀가 비어 있는 원로원 부원주 자리를 꿰차 버렸지요. 전임 부 원주도 정찰령주와 같이 안남국에서 전사한 것이지요. 해남검문과 싸웠다고는 하지만 누군가 개입한 거라 마교는 확신하고 있지요."

관장은 이 말을 하며 우강을 또렷이 쳐다보았다.

'음, 마교가 날 의심하고 있었던 모양이구나……. 그렇다고 밝힐 수는 없지.'

우강은 시치미를 뚝 떼고, 눈길로 계속 말하라는 신호를 보냈다.

"음. 그런 그녀가 첫 중원 외유길로 제일 먼저 강소성에 들른 거지요. 저에게 앵속을 강소성 고위층 자제에게 퍼트리라는 명을 전했습니다. 제가 파악한 바로는 그녀는 무려 만 명 이상을 중독 시킬 수 있는 양의 앵속을 소지하고 있었어요."

"허어……."

"사실 명령체계를 무시한 월권이었지만 저는 그녀의 명을 따를 수밖에 없었습니다. 하남성이나 다른 일부 성에서는 이미 시범적으로 행동을 개시하고 있었기에, 저로선 달리 따르지 않을 수 없었습니다. 제가 차일피일 미루자 저를 살피고 압박하기 위해 그녀가 온 것이랍니다."

"……."

"그녀의 정체는 전직 살수 출신이라는 것밖에 아는 게 없습니다. 특수한 주안술과 피부단련으로 이십 대 못지않은 미모를 유지하고 있지만, 실상 그녀의 나이는 이미 육순이 넘었습니다."

우강은 침묵하며 관장의 말을 집중해서 들었다.

"어사님, 믿기시지 않겠지만 저는 저의 활동에 회의를

느낀 적이 오래되었습니다. 오래전부터 저의 정체가 발각되어 비참한 죽음을 맞이하는 악몽도 자주 꾸었고요. 그래서 제가 발각되더라도 살아날 길을 모색하고 되었고, 하여 저의 활동상황이나 그리고 마교의 내부 기밀까지고 제가 아는 것은 모두 기록해 두었습니다."

우강은 내심 쾌재를 불렀다.

뜻하지 않게 중대한 정보를 얻게 된 것이다.

우강은 참지 못하고 입을 열었다.

"그러면 앵속에 대해서도 아는 바가 있으시오?"

그러자 갑자기 그의 눈이 빛나기 시작했다.

"네. 그럼요. 제가 앵속과 그녀의 물품을 어디에 숨겨두었는지 알고 있습니다. 마교에서 사람이 올 때마다 편의를 제공하고, 그들의 말을 엿듣기 위해 오래전부터 사비를 털어 마련한 객잔이 있습니다. 아! 이 사실은 저 외에는 누구도 모릅니다."

"흐으음……."

"바로 객잔의 특특실과 그 옆방의 특실에 처음 객잔을 지을 때, 제가 몰래 만들어 놓은 비밀 장치가 있습니다. 이야기를 엿들을 수 있도록 말이죠. 그래서 밤마다 그녀와 옆에 투숙한 그녀 수행원들의 말을 들을 수 있었습니다. 제 집이 객잔 바로 옆에 있으니까요."

"……."

우강은 그의 이야기를 들으며 그의 용의주도함에 놀랐고, 다른 한편으로는 움찔했다. 본인도 수많은 객잔에 투숙했지만, 주변의 인기척이 있는지만 주의했지 객잔의 시설에 대해서는 한 번도 의심한 적이 없었기 때문이었다.

그리고 자신이 살기 위해 자구책으로 여러 일을 만들어 놓은 관장이 대단하면서도 그의 인생이 고단하게 느껴졌다.

'허! 좋은 부모 밑에서 태어났으면 대단한 인물이 되었을지도 모르는데……. 쯧쯧.'

이후에도 그의 이야기가 한동안 계속되었다.

우강은 그를 통해서 죽은 시신을 임시로 학관 깊숙한 곳에 감추고, 강의를 하루씩 연기했다.

유생들의 동요가 있었지만 관장이 잘 설명한 탓에 유생들의 수군거림은 금방 수그러들었다.

그런 다음, 자연스럽게 그를 따라 학관에서 나와 그가 소유하고 있는 객잔의 객실로 향했다. 죽은 부 원주의 수행원 두 사람을 처리하기 위해서였다. 우강의 보좌역을 맡은 세 사람도 그림자처럼 우강의 뒤를 따랐다.

관장은 객잔에 도착해서 수행원 방을 두드렸다.

똑똑똑.

그러자 날카로운 여인의 목소리가 흘러나왔다.

"누구냐?"

"관장입니다. 전할 말이 있어 급히 왔습니다."

그녀들이 문을 열자 곧바로 우강이 뛰어 들어갔다. 양 손가락을 내지르며…….

그녀들은 우강을 보자마자 대경했다.

하지만 눈에 보이지 않는 우강의 공격을 알아차리지 못한 것이 그녀들의 죽음을 재촉했다.

"너! 너, 누구야?"

우강은 지체하지 않고 곧장 자칭 자신의 십맥신검으로 그녀들의 가슴 부위를 찔렀다.

"윽……."

곧바로 심장에 콩알만 한 5개의 구멍이 생기며, 그녀들은 가슴을 부여잡고 맥없이 쓰러지려 했다. 이에 우강은 외부에 소리가 새어나지 않도록 쓰러지는 수행원들을 허공에 붙잡았다가, 조심스럽게 바닥에 내려놓았다.

염력을 동원한 허공섭물을 선보인 거였다.

그리고 2층 객잔의 기와지붕 속에 단단히 밀봉해 숨겨둔 부 원주와 수행원들의 물품들을 찾을 수 있었다.

이 일련의 과정은 그야말로 전광석화 그 자체였다.

신속히 일을 처리한 우강은 일행들에게 객실의 방을 지키라는 명을 전달했다. 그리고 관장의 집으로 가서 그가 일기장 형식으로 써놓은 기록을 건네받을 수 있었다.

우강은 곧바로 기록을 펼쳐 정독하기 시작했다.

우강의 표정이 여러 차례 바뀌더니 나중에는 입가에 흐뭇한 미소가 감돌았다.

"으음, 아주! 쓸 만한 정보야. 많은 도움이 되겠어."

놀랍게도 유림에 암약하는 마교 특별 정찰사자들의 정보가 들어 있었다.

원래는 잡힐 것을 대비해 철저히 점조직으로 되어 있는 것이 상식이다.

그렇지만 그는 줄곧 자신의 객잔에서 자신을 만나러 온 마교도들의 말을 엿들었기에 조각조각 된 그림을 맞추듯 하나하나 정보 조직도를 완성할 수 있었다.

또한 우강이 주목한 것은 소위 간자의 눈에는 간자들이 보인다고, 증거는 없지만 마교도는 물론 마교도가 아닌 자들끼리 간자로 심증이 가는 인물들을 주욱 나열해 놓은 기록들이었다. 그의 상상력이 동원되었다고는 하나, 소주에 국한되지 않고 중원 전체까지 망라한 점이 놀라웠다. 우강은 저도 모르게 감탄을 발했다.

"허……!"

관장은 우강의 태도로 봐서 잘하면 자신이 살 가망이 있다고 생각했다.

그래서 마지막까지 최선을 다해 보기로 했다.

"어사님! 제가 학관과 객잔 그리고 제 집을 어사님에게 모두 맡기겠습니다. 그리고 저는 멀리 왜로 떠나겠습니다. 홀몸이니 어디인들 못 가겠습니까? 더군다나 외공을 익힌 몸이니 신상에 문제 될 것도 없고요."

우강은 잠시 뜸을 들이다 고개를 끄떡였다.

"좋소, 나의 일에 크게 협조하였으니, 내 권한으로 가능한 일이요. 한데 객잔이나 집은 그렇다 쳐도 학관을 갑자기 넘긴다고 하면 말들이 나올 텐데……."

그는 있는 힘을 다해 도리질 쳤다.

그리고 필사적으로 말을 이어 나갔다.

"절대 아닙니다. 어사님! 제가 건강상 고향으로 낙향하고 어사님께 학관을 맡긴다고 하면 유생들은 쌍수를 들고 환영할 겁니다. 물론 어사님께서 소주에 마냥 계실 수는 없으시기에 후임 관장은 제가 책임지고 지명하겠습니다."

"음……."

"멀리 구할 것도 없이 교수진 중에는 학관의 관장이 될 만한 분들이 여럿 있습니다. 거기에 더해 어사님께서 가끔 학관에 들러주신다고 공식적으로 발표하면, 학관이 지금보다 훨씬 더 번창할 게 명명백백합니다."

우강은 그가 말한 대로 한다면 크게 문제 될 것이 없을 것 같았다. 한데 그게 다가 아니었다. 그의 입에서 솔깃한 말들이 계속 흘러나왔다.

"어사님! 지금 객잔과 집 그리고 학관이 있는 곳은 소주

내에서도 요지 중의 요지가 되었습니다. 아시다시피 소주가 계속 번창하고 있지 않습니까? 그래서 웃돈을 주고도 사겠다는 이들이 사흘이 멀다 하고 찾아오고 있습지요."

"……."

"그중에 가장 노른자위는 역시 학관이지요. 이는 교수진이나 배우는 유생들도 잘 알고 있는 내용이고요. 그래서 이 기회에 교수진들이나 유생들이 여기 학관을 팔고 더 넓고, 쾌적한 곳으로 이사하자는 의견이 지배적이랍니다. 사실 학관 주위에 면학을 방해하는 가게들이 많이 들어서서, 저도 고민하는 차였습니다."

"……."

"그래서 학관을 이사한다고 해도 하등의 놀랄 일은 되지 않습니다. 결정적으로 저의 학관을 가장 탐내는 자가 제안을 한 적이 있습니다. 새 학관이 지어질 동안 자신들이 임시 학관으로 손색이 없는 건물을 제공하겠다고요."

우강은 그의 열변이 그가 살기 위해 몸부림치는 것 같아 마음이 짠해졌다.

그래서 우강은 그를 보며 환하게 미소 지었다.

"좋소, 당신을 왜로 보내주겠소! 그리고 죽은 시신들은 우리가 알아서 처리하겠으니 그건 신경 안 써도 되오."

관장은 여러 번 머리를 조아렸다.

"감사합니다. 어사님!"

우강은 협조적인 그에게서 하나라도 더 마교에 대해 더 알기를 바랐다.

"근데 관장이 익힌 외공이라는 것도 마교의 무공이오?"

그러자 관장이 몸을 부르르 떨더니 고개를 내저었다. 우강이 궁금해서 다시 물었다.

"왜 그러시오?"

"그게, 예전에……. 정말 코흘리개 어린아이 시절부터 겪었던 끔찍한 수련이 생각나서요. 외공을 배우다 죽거나 반병신이 된 자가 7할이 넘었으니까요."

우강은 다시 한번 마교의 악독함에 치를 떨었다.

'이런 썩을 놈들! 도대체 어떤 짓들 했길래 사람을 그 지경으로 만든단 말인가…….'

"아! 계속해보시오!"

"네. 어사님. 예전에 소림사에서 파문당한 자가 있었지요. 그는 소림 나한당에서 줄곧 소림 외공만 익혔던 자였습니다. 그가 마교로 투신해 소림 외공을 개량한 것이 시초입니다. 마교에선 그에게 훈련받다 희생당하는 것은 신경 쓰지 말고, 수련 기간을 최대한 단축하길 명했지요."

"……."

"그래서 그가 고안한 것은 제일 먼저 식사 대신 곤충을 잡아먹게 하지요, 근력과 뼈를 강화시킨다는 구실로 말입니다. 아시다시피 소림사는 육식을 금하기에 그는 육식 대

용으로 주변에 흔히 구할 수 있는 곤충을 잡아먹었는데, 그가 경험적으로 곤충이 뼈와 근력에 좋다는 것을 안 거죠."

우강은 그자의 생각이 상당히 획기적이라 생각했다.

듣는 이에 따라 눈살을 찌푸릴 수도 있지만…….

'곤충이라! 그거 좋은 생각이군…….'

우강이 관심을 보이자 관장은 더욱 열성적으로 말하기 시작했다.

"근데 문제는 곤충이 모두가 먹을 수 있는 양이 아니라는 거지요. 처음에는 모두 징그러운 곤충을 싫어하지만, 배가 고프면 눈에 뵈는 것이 없지요. 그러다 보니 곤충을 잡아먹기 위해 싸움이 일어나고, 강한 자만 살아남게 되는 거지요. 나머지는 굶어 죽거나 얻어맞아서 죽거나… 허허."

"……."

"또한 그가 창안한 타혈법으로 경혈을 심하게 자극하는데, 말이 그렇지 일방적인 구타와 진배없었습니다. 한번 할 때마다 곡소리가 터져 나오는 거지요. 근데 이상하게도 그 일을 거치면 몸이 시원해진답니다. 물론 그 고통을 못 이겨서 시름시름 앓다가 죽어간 이들도 있었지만……."

"……."

"그렇게 몸이 만들어진 자들에게 본격적으로 무공을 가

르치지요. 기본적으로는 소림 외공의 초식들이 다 망라되지만, 익히는 방법은 단기속성을 위해 더 가혹하게 바뀌고, 상대를 격살하기 위해 상대방의 급소를 가격하는 훈련을 집중적으로 하게 됩니다."

"……."

"기본적으로 손을 단단히 하기 위해 무조건 철사장을 배웁니다. 그리고 짧게 끊어 치고, 비틀어 타격하는 수도 없이 시키지요. 몸이 저절로 익히게끔 말입니다. 여기서 끝이라면 마교가 아니지요."

"……."

"거기에 더해, 살수의 무예도 익히게 하고, 간자로서 익혀야 할 것들도 모조리 배우지요. 파견목적에 따라서 저 같은 경우는 유교의 덕목과 태도 등도 집중적으로 배웠고요."

"……."

"마지막으로 소림 18 동인을 본뜬 기관이 있습니다. 간자의 임무를 부여받고 나가는 자들의 최종 관문이라 보시면 됩니다. 소림에서 투항한 자가 기관의 대가가 아니라서 마교의 기관진법가의 도움을 받아서 만들었지요."

"……."

"한데, 이를 완전히 재현할 수가 없자 동인의 수를 두 배로 늘렸는데, 그러다 보니 기관을 통과하지 못하고 체력이 떨어져 낙오하는 이들이 반수가 넘었습니다. 그러면 그들은 다시 지옥의 훈련을 다시 반복해서 받아야 합니다."

우강은 그의 말을 듣고, 마교의 무서움을 다시금 인식하는 계기가 되었다.

'역시 만만한 조직이 아니야. 그건 그렇고, 나도 내 나름대로 연구를 해봐야지…….'

그런 마음을 품은 우강은 관장을 다시 보게 되었다.

저렇게 멋들어지게 생긴 사람이 그 고생을 한 사람이라니 하며…….

무림맹으로 향하다

우강은 유생들의 열화 같은 요청으로 하루분의 강의를 추가하고 무사히 강의를 마쳤다.

그사이 관장과 논의되었던 일도 별 탈 없이 차근차근 처리하고, 죽은 마교도들의 시신은 화장하고 앵속도 같이 불태워버렸다.

우강은 이번 소주행의 큰 성과로 1만 명분의 앵속을 태워 버린 것을 제일 먼저 뽑았다.

중원에 그것이 모두 뿌려지고 계속해서 마약중독들이 기하급수적으로 불어난다면, 이제 갓 왕조를 연 대명의 맑은 하늘에 잔뜩 먹구름이 드리울 것은 자명했기 때문이다.

제반 뒤처리로 일주일을 보낸 우강은 객잔 음식점에서 아침 식사를 하다 떠나간 관장의 얼굴을 떠올리며 쓴웃음을 흘렸다.

'지금쯤 무사히 왜로 향하는 배를 탔겠지…….'

우강은 그를 생각하며 더는 십만대산의 마교를 이대로 그냥 내버려둬서는 안 되겠다는 생각을 굳혔다.

중원의 질서를 어지럽히며, 대명의 안위까지 위태롭게 하는 마교를 최우선으로 척결하는 것이 급선무라 판단되었다.

그렇다고 과거 정사마 대전처럼 대규모 전쟁을 벌이려는 뜻은 아니었다.

우강이 구상한 것은 소수정예로 마교를 기습 공격해서 그들의 우두머리들을 제거하려는 것이었다.

하지만 달리 생각해보니 본인의 생각에는 많은 허점이 있었다.

우강은 고개를 휘휘 저었다.

'아니야, 아냐! 그런다고 사라질 마교가 아니지…….'

잡초보다 질긴 마교가 우두머리 몇 없앤다고 사라질 리 만무하며, 잘못했다간 호시탐탐 다시 마교 자리로 복귀하려는 전 마교 교주에게 자칫 어부지리를 줄 수도 있는 문제였다.

우강은 인상을 찌푸리며 팔짱을 꼈다.

그러자 옆에 있던 제갈용성이 눈치도 없이 우강에게 말을 걸었다.

"어사님. 밥도 안 먹고 뭘 그리 혼자 구질구질 고민하십니까? 여기 눌러 살 것이 아니라면 그냥 객잔을 화미궁에 팔든지, 세를 놓으시면 될 것을……. 복잡하게 생각하지 마시고 단순하게 생각하시라니까요."

우강은 제갈용성의 뜬금없는 말에 정신이 번쩍 들었다.

'그래, 용성의 말처럼 단순하게 생각하자. 우선 무림맹이나 정화 태감과 상의하자. 좀 미심쩍지만 나중에 사도련과도 얘기해보고…….'

우강은 화미궁의 세 여인을 순간 노려보다 웃음을 흘렸다.

"하하하……."

그러자 그녀들은 우강의 눈을 피하며 딴청을 부렸다.

다시 고개를 돌린 우강은 제갈용성에게 목청을 높였다.

"네가 이런 일에도 관심을 가지고 웬일이냐? 쯧쯧 여인의 치맛자락에 자꾸 휘둘리면, 나중에 남자 구실 못한다."

제갈용성이 눈을 동그랗게 뜨며 고개를 내저었다.

"어사님, 전 치맛자락에 휘둘린 게 아니라, 등짝을 꼬집혔는데요. 제대로 알고 말씀하세요."

우강이 고개를 흔들었다.

"에이구, 그래 너 잘났다. 오늘 중으로 나가서 이 객잔의 가치를 알아 와라. 흥정을 잘해야 내가 너에게 좀 떼어 줄 것 아니겠냐."

제갈용성이 만세를 불렀다.

"헤헤. 형님! 걱정하지 마십시오. 제가 밥 먹고 '횡'하니 나가서 알아오겠습니다."

우강이 제갈용성과 대화를 하는 것처럼 보였지만 다분히 화미궁의 세 여인을 의식한 발언이었다.

당연히 그녀들도 알고 있었다. 우강이 헐값에는 팔지 않겠다는 뜻을…….

그때, 아침 식사에 보이지 않던 금여울이 나타났다.

우강에게 뭔가 할 말이 있는 듯 그녀 특유의 눈짓을 보냈다.

우강은 슬그머니 일어나 그녀와 함께 밖으로 향했다.

"그래, 금 첩형 무슨 일이 있소이까?"

"네. 어사님, 폐하께서 정식으로 동창을 음지에서 양지로 끌어내셨어요. 관리들의 부패와 기강이 해이해졌음을 알고 말이죠."

우강은 예견된 일이라 그리 놀라지 않았다.

"그러면 금 첩형은 어떻게 되는 거요. 복귀해야 하지 않겠소? 하하."

"저는 어사님을 계속 감시해야죠. 어사님도 고위 관리이신데……."

서로 농담을 주고받은 그들은 다시 진지한 표정으로 돌아왔다.

"금 첩형! 그럼 이번 앵속 사건과 연루된 관리들도 동창이 맡을 거요?"

"네. 그리 그리될 것 같아요. 단, 준비시간이 필요해서……."

"쯧쯧. 그리될 것이라니, 너무 어정쩡한데……. 내가 오늘 중으로 정화 태감에게 전서를 보내려고 하니 협조 부탁하오. 원의 잔당들과의 전쟁도 중요하지만 무림을 포함한 지금의 상황을 나라에서 너무 손을 놓고 있는 것 같아, 내가 경종을 울려야겠소."

"……."

"음……. 무림맹이나 사도련을 이용해 마교와 같은 불순세력을 서로 상잔시키려는 생각은 낡은 생각이요. 나라에서 나서야 그들이 적극적으로 움직일 것이요. 그들도 바보가 아니라서 말이오. 하여 앵속 사건과 관련된 이들도 신속하게 처리하도록 요청하겠소. 뿌리가 더 뻗어 나가기 전에……."

"……."

"그리고 내게 큰 정보가 있소이다. 그동안 어찌 처리할까 고민했는데, 내가 그 기밀을 동창에게 넘기겠소. 얄밉지만, 어쩌겠소! 내 몸은 한 개인데……."

그녀의 눈이 왕방울만큼 커졌다.

"그게 무엇인지?"

"내가 적어 줄 테니, 그때 보면 알 것이오."

우강이 주려는 것은 유림에 암약하는 마교 간자들의 명부였다.

나머지 정보는 시기상조라 생각해 본인만 알기로 했다.

금여울은 우강이 금기에 가까운 불만을 거침없이 드러내자 불안했다.

요즘 들어 왕왕 듣는 소리라서 더욱 그랬다.

본인도 우강의 말에 동조하는 편이지만 차마 속내를 밖으로 드러내지는 못했다.

동창의 조직은 상명하복이 절대적이었기에…….

하지만 우강이 화가 머리끝까지 뻗쳐 갑자기 관직을 그만두겠다고 하면 큰일이었다.

자신에게도 화가 미칠 것은 차치하고, 당장 국가적으로도 엄청난 손실이었다.

'안 되겠다. 나도 강하게 내 의견을 주장해야겠다.'

그렇게 두 사람이 이야기를 끝내고 다시 객잔으로 들어가려는 순간이었다.

누군가가 멀리서 달려오며 우강을 불렀다.

"장 어사님!"

바로 개방의 홍칠이었다.

반가운 얼굴이라 우강은 기껍게 손을 흔들었다.

"어! 홍칠 후개님!"

홍칠이 가까이 다가와서 우강의 손을 불쑥 잡았다.

옆에 있던 금여울은 지독한 악취에 코를 부여잡았고…….

"어사님. 저번보다 신수가 더 좋아지셨습니다. 이리 미인분과 같이 지내서 그런가요? 헤헤."

우강은 홍칠의 농을 가볍게 넘겼다.

"그래, 바쁠 텐데 여긴 어찌 일이십니까?"

"아! 그게, 요즘 들어 저희 개방이 죽을 지경입니다. 도처에서 이상한 일이 일어나니 말입니다. 무림맹에서는 괜히 저희만 닦달한다니까요. 자기들은 맛있는 거나 먹고, 따뜻한 이불 속에서 잠만 자면서 말입니다."

홍칠이 침을 튀기며 말하자, 우강은 머리를 요리조리 흔들어야 했다.

"자자자, 흥분하지 말고 차근차근 말해보시죠."

"그게 말입니다. 소주 인근의 사파 계열의 무림 문파인 소강문이 얼마 전에 멸문했습니다. 문도 100여 명이 몰살당하고, 그중 50명은 머리가 깨지고 뇌수를 파 먹힌 채로 처참히 죽어 있었습니다. 죽은 자들이 다 젊은 무인들이었지요."

우강은 직감했다. 그들 짓이라고…….

우강이 얼굴을 찌푸리자 홍칠이 다급하게 물었다.

"어사님. 혹, 뭐 아시는 것이라도……."

"음. 내 이야기는 좀 있다 하고, 먼저 하던 이야기나 계속 해보시지요."

"아. 네. 네. 네……."

"……."

"음, 제가 원래는 어사님을 뵈려고 소주로 오는 길이었지요. 때마침 그 근처를 지나가다. 멀리서 비명이 난무하기에 가 보았는데, 글쎄, 그런 일이 벌어졌더라고요. 이미 제가 도착했을 때는 범인은 흔적도 없이 사라지고 없었습니다."

"……."

"한데 이게 남쪽에서부터 간간이 저희 개방도에 보고되는 사건과 동일했어요. 다만 저희 개방도가 보고한 시체들은 모두 민간인이었는데, 제가 본 이들은 모두 무인이었다는 게 다른 점이었습니다."

우강은 무거운 신음을 흘렸다.

"음…… 그래, 나를 찾는 연유가 무엇입니까? 곧 무림맹으로 갈 텐데……."

"아, 정말로 제가 어사님을 졸졸 따라다닐 걸 그랬습니다. 어사님을 봤다는 개방도들의 보고가 뒤늦게 있을 때마다 그곳에서 커다란 변괴가 일어났더라고요. 북쪽에서도 그렇고 남쪽에서도 그렇고요."

"……."

"한데, 그 자세한 내막을 아시는 분은 어사님뿐이라, 무림맹에서는 저희 개방을 못살게 굴기 시작했지요. 북쪽에서는 빙정이 나타나고 남쪽에선 강시가 진짜로 출현했다는데, 빨리 어사님과 연락을 취하라고요……."

"……."

"그러던 차에 얼마 전 제갈청영 소저가 제갈 가주님을 뵈러 무림맹에 들렀다가 어사님이 소주에 계신 걸 알게 되었습니다. 모르쇠로 일관하던 그녀에게 결혼승낙을 하고 나서야 겨우 알아내었다고 하더군요."

우강의 얼굴에 잠깐 미소가 감돌다 어두워졌다.

'허. 누님이 기어코 결혼승낙을 받아내신 거군. 그럼 난 이다음에 강 부관을 만나면 어찌 불러야 하나……. 그건 그렇고 설마 안남에서 벌어진 일은 말하지 않았겠지! 당분간 비밀엄수를 해달라고 했는데…….'

그러다 우강은 돌연 고개를 갸웃거렸다.

'어! 이상하다. 내가 소주에 있다는 걸 누님이 어찌 알았지? 안남국에서 헤어졌는데……. 보나마나 용성이 이놈이 생각 없이 누님께 안부 연락을 취했겠지! 분명 누님이 그리하라 시켰을 거야. 용성이가 있는 곳에 내가 있으니, 당연히 누님은 내가 어디 있는 줄을 알았을 것이고…….'

홍칠은 우강의 표정 변화를 예리하게 살피며 계속 말을 이었다.

"원래는 제가 올 계획이 없었는데, 어사님이 또 어디로 사라질 줄 모른다며 그나마 어사님과 제일 오래 같이 지냈던 저를 보낸 거예요."

"……."

"게다가 요즘 세가에서는 극소수지만 앵속에 중독된 자들이 난동을 부려서 골치를 썩이고 있는데, 어사님이라면 정보가 있을 것이라 누군가 그랬나 보더라고요."

우강은 궁금했다. 자신을 잘 아는 이가 분명했다.

앵속 관련 일은 무림보다는 나라에서 훨씬 심각히 주시하는 일이니…….

"그 누군가가 누구입니까?"

홍칠은 아직 소개받지 않은 금여울을 흘깃 보며 말했다.

"누구긴요! 어사님의 누구시죠. 헤헤."

그 순간, 남궁향아의 환한 얼굴이 우강을 머릿속을 스쳐 지나갔다.

우강은 요즘 무림맹 사정이 궁금해졌다.

"그래, 그간 무림맹은 마교와 충돌이 없었습니까?"

"그간 소소한 일은 자주 있었지만 크게 부딪친 일은 없었습니다."

"그렇군요."

우강은 홍칠의 이야기를 듣고 큰 충돌이 벌어지지 않은 이유가 마교가 무림맹과 사도련의 힘이 덜 미치는 중원 남쪽부터 착실히 세력을 키우려 했음을 새삼 느꼈다.

그때였다. 커다란 먼지를 일으키며 화려한 마차 두 대가 객잔 방향으로 향해왔다.

두두둑.

우강은 순간적으로 고개를 돌렸다.

'저건 또 뭐야? 오늘 무슨 날인가!'

잠시 후, 마차가 속도를 줄이며 가까이 다가왔다.

마부석 옆에 앉아 있던 장대한 체격의 자가 괄괄한 목소리로 소릴 질렀다.

"장 어사님, 기억하시죠. 저 팽기린입니다. 어사님을 모시라는 맹주님의 명이 있어서 이렇게 달려왔습니다."

우강이 그를 보며 살짝 고개를 숙였다.

"허허, 팽기린님이셨군요. 오신다고 고생 많으셨습니다."

둘의 인사가 오간 사이 두 대의 마차가 객잔에 멈추어 섰다.

팽기린이 타고 있던 마차 안에서 당문호와 모용중걸이 차례로 내려 우강에게 인사를 건넸다.

모두 일전에 무림맹에서 장우강과 대련을 한 바 있는 구면이었다.

그러자 홍칠이 인상을 바락바락 쓰며 그들에게 말했다.

"이봐, 너흰 무슨 바람이 불었기에 이리 나타난 거냐?"

그러자 팽기린이 콧방귀를 켰다.

"흥, 내 이럴 줄 알았다. 그 좀 씻고 다니지, 어사님 앞에서 그게 뭐냐. 네 녀석이 그럴 것 같아서 맹주님이 급히 우릴 보낸 거다."

그러자 홍칠이 그에게 삿대질했다.

"뭐야, 자식아! 개방도가 개방의 법도를 따르는 게 당연한 건데, 어디 함부로 주둥아리를 놀려! 이 허우대 빼고는 별 볼일 없는 자식아!"

둘이 한판 붙을 것 같아 우강이 두 사이를 갈라놓았다.

"자. 두 사람 다 그만하시죠. 근데 모두 친한 사이입니까?"

그러자 두 사람 다 손을 내저었다.

그사이 모용중걸이 입을 열었다.

"어사님, 저희 모두 동갑내기입니다. 오래전부터 알고 지내 왔습니다. 그리고 저희를 부르실 때 제발 그냥 이름을 부르시지요. 그게 불편하시면 직급을 불러주십시오. 말도 그냥 낮추시든지, 아니면 하오체가 좋겠습니다. 부탁입니다. 어사님!"

우강이 그들의 사정을 알고 고개를 끄떡였다.

"그럼, 그렇게 하겠소이다."

"감사합니다. 어사님. 저는 청룡단의 부 단주이고, 당문호는 백호단의 부 단주이며, 팽기린은 현무단의 부 단주입니다. 아, 그리고 홍칠은 중앙정보단의 부 단주이랍니다. 요즘 동네북 신세지만요."

우강이 홍칠을 흘낏 쳐다보니 얼굴이 붉으락푸르락 해져 있었다.

이에 싱긋이 웃음을 머금은 우강이 말문을 열었다.

"자자. 멀리 온다고 수고했으니 일단 모두 씻고 다시 만납시다. 이 객잔은 아직까지는 내 소유이니 내가 주인 대접 거하게 하지요. 그리고 홍칠 부 단주도 웬만하면 깨끗이 씻길 바라오. 눈에 '확' 띄는 미녀들에게 눈총을 받지 않으려면……."

그러자 홍칠이 눈을 반짝반짝 빛냈다.

잠시 우강이 객잔이 자기 거라는데 의문을 품었지만 곧바로 머릿속에서 날려버렸다.

"어사님, 옆의 분 말고도 또 다른 분들이 또 계시나 봅니다."

그러자 다른 세 명의 눈도 초롱초롱하게 빛나기 시작했다.

그들도 우강의 말 중에 미녀라는 소리밖에 기억하지 않았다.

"하하, 안에 세 분이나 있소이다. 그리고 여러분! 무당파의 진인 한 분도 계시니 당분간 잘 지내길 바라겠소. 친분을 쌓으면 여러분에게 많은 도움이 있을 거라고 내 보장하겠소이다."

그들은 순간 갸우뚱거렸지만 곧바로 이구동성으로 대답했다.

"네. 알겠습니다."

사실 그들은 동시에 무당파의 진인으로 대접받는 인물이 왜 우강과 동행중인지 의문을 품었다.

하지만 그들은 이런 일일수록 반드시 두 눈으로 직접 확인해봐야 하는 일임을 잘 알고 있었다.

남궁성훈과 더불어 후기지수의 수위를 다투는 인물들이다.

엄청난 미녀들이 있다기에 순간 정신이 팔린 상태지만 그렇다고 정파의 일에는 상황판단이 흐릿하지는 않았다.

우강은 자신들의 일행과 그들을 간단히 서로 인사시키고, 금여울과 자신의 객실로 사라졌다.

그러자 아침인데도 객잔의 분위기가 들끓기 시작했다.

그들이 자신의 문파와 이름을 차례로 말하자, 이를 들은 객잔의 투숙객과 조반을 먹던 이들이 그들을 한 번이라도 더 보려고 난리였다.

심지어 지나던 행인들도 호기심에 객잔으로 뛰어 들어왔다.

일반인이라도 명문정파는 흠모의 대상이었다.

그러니 소위 무림 명문정파의 인재를 한꺼번에 볼 기회가 찾아왔는데 그들이 가만있지 못하는 건 당연해 보였다.

그들의 웅성거리는 소리가 객잔에 메아리쳤다.

"와! 저 키 큰 사람이 무림 오대 세가의 팽가 출신이래."

"카악! 어머 어떡해! 미남들이야……."

"근데, 저 비루먹을 거지가 개방도란 말이야."

"……."

우강이 자신의 객실로 들어간 것은 정화 태감에게 보내는 서찰 때문이었다.

객실에서 웅성거리는 소리가 들리긴 했으나 두 사람 귀에는 들리지 않았다.

우강이 구술하면, 금여울이 암문으로 서찰을 작성했다.

동창의 전서구로 보내는 특급 서신이라 길게는 내용을 담을 수 없기에 우강은 자신의 진의를 표현하기 위해 애를 썼다.

서신 작업이 끝나고 마지막으로 유림에 암약하는 마교 간자 명부를 금여울에게 건네주었다.

떨리는 손으로 명부를 건네받은 금여울은 이를 다시 암문으로 바꾸는 작업을 한동안 진행했다.

이후 우강은 그녀를 내보내며 화미궁의 세 여인과 제갈

용성을 불러달라고 요청했다.

잠시 후, 그들이 계단으로 올라오는 소리에 우강은 자신이 할 말을 정리했다.

그들이 방으로 들어오자 우강이 진지한 표정으로 말했다.

"이거 무림맹에서 날 데려온 사람들이 들이닥쳤으니 서둘러 흥정을 마칩시다. 용성에게도 떼어 주어야 하니까, 시세에다 가득 얹어서 주시오. 나도 여기가 요지라는 걸 잘 아니까, 우리 골치 아프게 머리 굴리지 맙시다."

그러자 송추희가 애교가 듬뿍 담은 목소리로 간드러지게 말했다.

"어사님. 다 좋은데 관장이 살았던 집까지 한꺼번에 넘겨주세요. 객잔을 확장하려고 합니다."

두 사람 사이 제갈용성이 끼어들었다.

"누님들. 저 돈 많이 필요해요. 살 게 많다고요."

"……."

그렇게 일사천리로 흥정이 마무리되었다.

서로의 얼굴에 웃음꽃이 핀 거로 봐서는 다들 만족한 모양이었다.

이때, 화미궁의 세 여인이 우강을 보며 다들 한마디 하고 싶어 입을 오물거리기 시작했다.

송추희가 먼저 우강에게 눈웃음을 흘리며 입을 열었다.

"어사님! 역시 어사님 주변에는 금덩이가 넘쳐난다니까요. 화미궁의 오랜 숙원이 중원 전역으로 상권을 확장하는 건데, 소주의 요지에 교두보를 확보했으니 저희 궁주님이 기뻐서 춤을 추실 거예요."

그러자 우강이 얼굴을 굳히며 언성을 높였다.

"이보시오. 송 소저! 그리 말하는 것이 아니오. 이게 다 내 목숨을 대가로 얻은 것이라오. 그러니 혹여나 나를 마냥 운이 좋은 사람으로 보지 마시오."

그러자 장약란이 귀여운 보조개를 피우며 웃었다.

"호호호. 어사님. 저희도 그건 잘 알고 있답니다. 그러니 너무 심각하게 받아들이지 마세요. 저희도 어사님을 따라다니며 죽을 고비를 수차례 넘겼다고요. 한데 어사님! 어사님이 저희를 식구로 생각하는 모양입니다. 전에는 말을 높이시더니……."

그러자 우강이 계면쩍은 듯, 껄껄 웃었다.

"하하하. 뭐, 좀 편하게 생각하시구려. 내가 말이오, 나이는 어려도 육부의 최고 실세인 상서(尙書)보다도 품이 높은 사람이오. 그러니 이젠 대외적인 위신을 생각해야 하지 않겠소! 그동안 그 점을 간과했는데, 곰곰이 생각해보니 그러면 안 되는 거였소이다."

이번에는 곽미교가 한마디를 건넸다.

"저야 어떡하든 상관없어요. 아예 반말하셔도 상관없고요. 그건 그렇고, 이번에 어사님을 모시러 온 분들과는 어찌 지내야 하는지 고견을 부탁드립니다."

"뭐, 평소 하는 대로 하시오. 아마도 세 분 소저의 미모에 반해서 가만히 있어도 그들이 먼저 다가와 말을 걸 거요. 다만 그대들을 가볍게 볼지도 모르니, 그들이 깜짝 놀라도록 무공 한 자락을 선보이면 좋을 것 같은데……."

그러자 곽미교가 진지하게 눈을 빛냈다.

초장에 기를 꺾어 놓으라는 우강의 뜻을 모를 리 없는 그녀였다.

"어떤 무공이 좋을까요? 어사님?"

우강은 좋은 생각이 떠올랐다.

"그 왜, 곽 소저가 일전에 나에게 보여준 것 있지 않소. 염력으로 그들의 운기를 방해하면 아마 그들의 얼굴이 볼만할 것이외다."

곽미교가 연신 고개를 끄떡였다.

"그렇군요. 어사님! 그게 좋겠어요. 호호."

우강은 이참에 그들, 후기지수들에 쓴맛을 보여주어야 자신들의 무공에 과신하지 않을 거라고 믿었다.

그런 면에서 화미궁의 염력은 제격이었다.

마교뿐만 아니라 귀곡문, 빙백문, 빙궁 등의 기괴한 절예가 현실로 나타난 마당에 그들의 목숨을 위협할 것들은 수도 없이 많았다. 게다가 강시까지…….

우강은 그녀들을 둘러보며 입을 열었다.

"자, 그러면 일단은 여기서 마무리하고 나는 학관에 들러봐야겠소이다. 떠나기 전에 유생들과 교수진 그리고 새롭게 임명된 관장도 만나서 작별인사를 해야겠고, 좀 시간이 걸릴지 모르니 그리 알고 무림맹에서 온 이들에게 잘 이야기해주시오."

우강은 문으로 나가는 것이 번거로워 창문을 통해 사라졌다.

그러자 화미궁의 세 여인이 자기들끼리 이야기를 주고받았다.

송추희가 먼저 입을 열었다.

"동생들, 내가 볼 때 장 어사는 우리를 통해 잘난 척하거나 거들먹거리는 정파 무인들에게 경종을 울리려고 하는 것 같아."

그러자 두 사람이 고개를 끄떡였다.

다음 날, 우강과 일행들은 마차를 타고 소주를 떠났다.

이동을 시작하면서 호기롭던 무림맹의 후기지수들은 차례로 화미궁의 세 여인과 금여울에 도전했다가, 차디찬 쓴맛을 느끼고 풀이 죽어 있었다.

화미궁의 염력에 제대로 힘도 못 써보고 당하고, 금여울의 자전검에 자신들의 무기를 제대로 들 수 없는 치욕을 맛보아야 했다.

그나마 그래도 선전한 것은 다른 이들에 비해 실전 경험이 비교적 풍부하고 더불어 우강과 제대로 대련한 적이 있는 홍칠이었다.

하지만 홍칠도 분한 마음을 풀고자 만만하게 보인 제갈용성과 비무를 했다가 온몸에 피멍이 들어 며칠을 끙끙 앓아야 했다.

도저히 그 엄청난 내력을 당할 수가 없었다.

그래서 그들은 이후 여행 내내 문송 옆에 모여 문송에게 한 수 가르침을 받았다.

긴가민가했던 문송의 정체가 현 무당 장문인과 같은 항렬이라는 것을 알고는 그를 극진히 받들어 모셨다.

문송은 이들을 가여워 해서 정통 무공 외의 좌도방문의 방술과 도술 그리고 염력 등에 대해 자신이 알고 있는 바를 알기 쉽게 설명해주고, 강시들에 대해서도 제대로 알려주었다.

이 모두가 그들이 자만하지 말고 경각심을 늦추지 말라는 그의 숨은 뜻이 내포되어 있었다.

우강은 이들을 대련을 지켜보며 후기지수들이 설령 정통 무공으로 겨뤄도 일대일로는 우강의 일행 중 그 누구와도 상대가 되지 않는다고 확신했다.

다만 제갈용성만 예외로 둘 뿐이었다.

그렇다고 제갈용성이 자신의 내공만 가지고도 그들에게 질 것 같지는 않았다.

우강은 새삼 깨달았다. 죽을 고비를 넘기며 치열하게 싸워왔던 실전경험이 자신을 포함해 일행들의 임기응변과 생존능력을 몇 단계 상승시켰다는 것을.

임기응변과 생존능력이 무공의 경지와는 다른 차원의 이야기지만 우강은 굳이 우열을 가린다면 본인은 전자에 방점을 두고 싶었다.

어차피 싸워서 이기는 게 목적이므로…….

무림맹으로 향하는 일정은 순조로웠다.

어느덧 강소성 경계를 넘어, 안휘성으로 넘어가는 길목에 다다랐다.

그들은 무림맹에서 예약해 둔 객잔에서 여장을 풀기 위해 마차에서 내려 객잔으로 향했다.

객잔은 그다음 날 아침까지 내내, 다른 손님을 받지 않도록 무림맹에서 조치했다.

그만큼 장우강을 극진히 대접하려는 무림맹의 의도가 엿보였다.

그런데 객잔 문 앞에서 하얀 옷이 너무나 달 어울리는 일노일소가 여유롭게 누구를 기다리고 있었다.

우강은 인상변조술로 얼굴을 바꾸었지만 그들이 누군지

단박에 알았다.

그들은 백리강과 그의 손자 백지학이었다.

우강은 백리강으로부터 인상변조술을 배운 인연이 있어 그들을 다시 보니 무척 반가웠다.

그들을 잘 모르는 일행들이 모두 객잔으로 들어가고, 우강이 맨 마지막에 남아 그들에게 다가갔다.

그러자 먼저 백리강이 전음으로 말을 전했다.

—오랜만이오. 장 어사. 여기 맞은편 객잔에서 조용히 이야기 좀 합시다.

—네. 알겠습니다. 먼저가 게시지요. 곧바로 가도록 하겠습니다.

우강은 금여울을 손짓해서 사정 이야기를 하고 곧바로 백리강을 만나러 향했다.

맞은편 객잔으로 들어가니 그들 노손이 정겹게 이야기를 주고받고 있었다.

백리강의 손자는 그사이 많이 자라 의젓한 소년이 되려 했다.

그런데도 치기는 여전히 남아 우강이 나타나자 짓궂은 표정을 지으며 손을 흔들었다.

"먹물 아저씨. 여기예요."

우강도 그에게 손을 흔들어 보이고는 곧바로 그들의 맞은편에 앉았다.

술과 음식을 시킨 그들이 잠시 덕담을 이어갔다.

알고 보니 그 객잔은 사도련에서 운영하는 객잔이었다.

잠시 후, 손자를 객실 방에 바래다주고 돌아온 백리강이 자리에 다시 앉았다.

우강이 잠깐 생각을 가다듬었다.

'가만, 사도련 무림학관의 이름이 뭐였더라……. 아 맞다. 멸마용호관……!'

우강은 그 즉시 입을 열었다.

"어르신, 근데 여기는 어인 일로……. 멸마용호관 관장님으로 바쁘실 텐데……."

그러자 백리강이 흰 수염을 매만지며, 너털웃음을 터트렸다.

"하하하. 바쁜 것을 따진다면, 어디 내가 북에서 번쩍, 남에서 번쩍하는 장 어사의 발끝에 미치겠소이까!"

우강은 오늘 일도 그렇고, 그간 계속 사도련에서 자신의 행적을 추적하고 있었음을 깨달았다.

우강도 이에 웃으며 말문을 열었다.

"사도련에서 정보조직에 공을 들였나 봅니다. 저의 일거수일투족을 다 알고 있으니 말입니다."

그러자 백리강이 고개를 저었다.

"그건 아니오, 그나마 요즘 사도련이 하오문과 찰떡궁합으로 지내고 있어서, 겨우 알게 된 것이라오. 그것도 번번이 늦게…….”

“아, 그렇습니까? 저는 몰랐습니다.”

백리강이 멋쩍은 듯 웃음을 보이며 천천히 말했다.

“허허, 그 참. 장 어사가 한동안 행적이 묘연해지자 사도련에서 난리가 났소이다.”

궁금한 우강이 목을 길게 뺐다.

“그건 왜입니까?”

백리강은 대외비로 알려진 일이라 고민했다.

하지만 어느 정도는 사실대로 말해야 우강에게 얻을 것이 있을 거로 생각했다.

‘그래, 주는 게 있어야 받는 게 있는 것이지. 더군다나 심복도 아닌 나에게 장 어사를 만나달라고 부탁한 걸 보면 련주 본인도 정보누출을 각오한 것이겠지…….’

“음. 사도련주가 북쪽에서 싸우다 큰 부상을 당했는데, 그건 련주를 공격한 자들이 오인한 것이었소. 장 어사와 그 일행들로 말이오. 그들은 빙백문이라는 듣지도 보지도 못한 문파였는데, 당시 그들은 복수심에 불타 있었다고 합디다.”

“…….”

“간신히 빠져나오긴 했는데, 무적호위로 알려진 련주의 호위대 삼백이 모조리 떼죽음을 당했소이다. 그리고 이 일은 지금껏 비밀에 부쳐졌고…….”

우강은 속으로 웃음이 나왔다.

'허! 빙백문의 문주를 만난 모양이구나! 나로 인해 벌어진 일 같은데, 왠지 미안한 감정이 전혀 들지 않는데…….'

우강은 전에도 사도련주가 미심쩍었기 때문에 갑자기 북에 간 이유가 어느 정도는 상상이 갔다.

그래서 우강은 백리강에게 한번 찔러 보기로 했다.

"저. 어르신, 사도련주가 왜 북에 간 것입니까? 혹 빙궁에 간 것입니까?"

우강이 정곡들 찌르자 백리강의 얼굴색이 하얗게 변했다.

"어찌 알았소이까?"

"그야 세상에 비밀이 없는 것이지요. 아마도 지금은 빙궁과의 연도 끊어졌을 터인데……."

백리강은 우강이 모든 사실을 알고 있음을 알고 사실대로 말하기 시작했다.

"사도련주가 빙궁의 사위가 되었다는 소문이 퍼지고 난 뒤, 련주가 주변 문파들에게 곤욕을 치렀소이다. 그러다 빙궁에서 연락을 받은 것이었소. 사도련과는 연을 끊겠다고……. 그래서 부랴부랴 몰래 빙궁에 갔다가, 돌아오는 길에 횡액을 당한 것이었소."

우강은 고개를 절레절레 흔들었다.

"쯧쯧. 사도련주가 미련을 못 버린 것이군요. 중원을 손아귀에 지내려는 야심을……."

"난 이해가 가긴 하오. 꿈을 쉽게 포기하기가 그리 쉬운 일은 아니기에……. 그러나 큰 부상을 당한 뒤로는 완전히 달라졌소이다. 그리고 나한테는 밝히길 주저했는데 빙궁에서 뭔 이야기를 들은 것 같소이다."

백리강은 이야기를 끝내고 우강을 물끄러미 쳐다보았다.

아는 것이 있으면 말해 달라는 눈치를 우강이 모를 리는 없었다.

우강은 자신의 이야기만 빼고 사실대로 알려주기로 했다.

"음. 나라에서 한참 원의 잔당과 전쟁 중인데 북쪽의 움직임이 심상치 않다고 생각했어요. 그래서 북쪽의 여러 부족에게 영향력을 행사하는 빙궁에 사신단을 보냈답니다. 그들에게 선물도 안겨주었지만 경고도 같이 보냈겠지요. 하하."

백리강은 우강에게 고마움을 표시했다.

"고맙소. 알려주어서."

우강은 손사래를 쳤다.

"아, 아닙니다."

"허허. 그러면, 내 이야기를 계속하리다. 그리고 난 뒤

련주가 장 어사를 부랴부랴 찾았는데, 도대체 어디 있는지 흔적을 찾지 못해 큰돈을 들여 하오문과 거래를 한 것이라오."

"……."

"자신만만하던 하오문도 장 어사의 그간 행적을 추적하고, 행방을 알기 위해 전 문도들을 모두 동원해야 했소이다. 처음엔 장 어사와 연이 닿아 있는 하오문주의 딸을 철석같이 믿고 있었던 모양인데 그녀도 모르긴 매한가지라 난리가 난 것이었소."

"……."

"그러다 겨우 배를 타고 남쪽으로 내려간 걸 알았고, 그 뒤로는 계속 뒷북만 친 것이었소. 후에야 소주에서 장 어사의 행방을 알게 되어, 내가 장 어사를 겸사겸사 만나러 오게 된 것이요."

우강은 눈을 동그랗게 떴다.

"겸사겸사라뇨?"

"그게, 장 어사도 무림맹에 가면 곧 알게 되겠지만 이번에 사도련과 무림맹이 힘을 합하기로 했소이다. 북에서는 뜬금없이 빙백문이 나타나고, 남쪽에서는 강시들이 출몰했고……. 게다가 마교와 신강제일문의 움직임도 심상치 않고 해서 말이오."

우강은 이 소식은 금시초문이라 깜짝 놀랐다.

그래도 늦은 감이 있지만 중원의 정사세력이 손을 잡은 것이 무척 다행이라 생각했다.

"아! 그렇군요. 저를 데리러 온 무림맹 부 단주들도 모르고 있는 것 같은데요."

"아마 그럴 것이오. 윗선에서만 알고 있는 일이니……."

우강은 전부터 궁금했던 것이나 이해할 수 없는 것이 있어 그에게 물어보기로 했다.

"어르신. 강시가 출현한 것은 사실입니다. 제가 직접 목격했고요. 한데 그 현장에 마교와 신강제일문 그리고 중원에 존재감이 없었던 천사궁까지 운남에 출현했는데, 사도련과 무림맹은 코빼기도 내비치지 않았다는 것이 이해가 되지 않더군요."

백리강은 우강에게 그간 행적을 듣고 싶어 안달이 났지만 꾹 참고 있었다.

그러다 강시를 직접 목격했다는 말에 그만 자리에서 벌떡 일어났다.

궁금증이 폭발한 거였다.

"장 어사! 강시를 직접 목격했다는 말이오?"

우강은 고개를 끄떡였다. 우강은 자신이 겪었던 이야기를 하면 백리강이 기절초풍할 것 같았다. 그래도 이야기를 꺼내게 된다면 무림맹이 먼저라 생각했다.

"네. 그렇습니다만, 지금 나라에 보고 중인 관계로 자세히 말씀드릴 입장은 못 됩니다. 아마도 제가 무림맹에 도착할 때쯤이면 그때 제 입으로 말할 수 있을 것 같습니다."

그러자 백리강의 얼굴에 한줄기 실망이 스쳐 지나갔다가 사라졌다.

"음, 사실 소문은 들었지만 사도련이나 무림맹은 긴가민가한 것 같소이다. 까마득한 예전에 사라졌던 강시가 나타났다는 것을 믿지 않았던 게지. 그런데 장 어사의 지적이 뼈아프게 느껴지는 건 마교나 신깅제일문은 지금껏 계속 강시를 연구하고 있었던 것 같소이다. 신강의 천사궁까지……."

우강은 그래도 자신을 찾아 직접 노구를 이끌고 온 그에게 뭔가를 해주고 싶었다.

더군다나 그는 자신에게 미운털이 박힌 사도련의 소속도 아니고, 엄밀히 따진다면 제 3자였기 때문이었다.

"그러면 어르신도 무림맹으로 가는 길이신가요?"

"그렇소. 무림학관을 연다기에 한 수 가르쳐주기 위함이오. 나중에 사도련과 같이 운영할지도 모르고……. 다만 그보다 먼저 장 어사를 만나기 위해 여기에 온 것이고. 허허."

우강은 자신의 생각이 맞자 고개를 끄떡였다.

"음. 그러시군요. 그럼 제가 어르신께 선물 몇 가지를 드리지요. 첫째는 지금 찬밥신세를 면치 못하는 기이한 술법

들을 연구하는 문파들을 중용하시는 게 좋을 듯합니다. 아마 이 부분은 무림맹보다는 사도련이 유리할지도 모르겠습니다만……."

"……."

"다 말씀드릴 순 없지만 이유는 여러 가지입니다. 한 예로 지금 마교에서는 기파로 사람을 조정하는 술사들을 키우고 있습니다. 마교의 군사라는 자가 직접 말입니다. 그리고 이건 저도 심각히 생각하는 부분인데, 과거에서 부활한 사람이 둘이나 있습니다."

"……."

"그들은 귀곡문 출신이며 바로 강시를 만든 자들이지요. 마지막으로 앵속을 조심하십시오. 마교에서 앵속을 유포하고 있거든요."

우강의 이야기를 듣자마자 백리강이 입에 거품을 물었다.

"아! 안 돼! 귀곡문은……."

우강은 그에게 사연을 들을 수 있을 것 같아 되물었다.

"왜 그러십니까?"

간신히 정신 줄을 잡은 그의 얼굴이 10년이나 늙게 보였다.

"장 어사! 그들은 전 중원에 복수하려 할 거요. 그들이 배신당한 만큼……. 내가 알기로는 과거 나라와 무림의 세력이 총동원되어 그들을 습격한 한 일이 있었소이다. 그들이 가진 재주가 두렵기도 했고, 그걸 쟁취하고 싶기도 해서 말이오."

"……."

"그러나 완전히 뿌리는 제거하지 못했다고 들었소. 그들의 기예 일부를 탈취할 수 있었지만……. 그 후로 귀곡문을 지금의 마교처럼 나쁜 문파로 낙인찍어버렸고……. 나도 우연히 옛 고서점에서 기록을 보고 알게 된 사실이오."

우강은 그의 말을 들으니 귀곡문에 얽힌 의문이 어느 정도 해소되었다.

"저, 어르신. 그럼 귀곡문은 무척 오래된 문파이겠군요."

"물론이요. 천마가 중원 패권을 노릴 때보다 훨씬 그전에 있었던 문파였소. 내가 장 어사의 말을 들으니, 이러고 있을 때가 아닌 것 같소. 미안하지만 무림맹에서 다시 봅시다. 장 어사도 당분간 무림맹에 있어야 할지도 모르겠소."

"……."

"마교나 신강제일문에서 잠입한다는 첩보를 우리가 입소했소이다. 사도련의 군사가 축하사절단으로 무림맹에 올 때, 이 일을 밝힐 것이오."

우강은 충분히 그럴 수도 있다고 생각했다.

다만, 왜 본인이 무림맹에 오래 머물러야 할지는 의문이었다. 할 일이 많은데…….

"제가 왜 무림맹에 머물러야……?"

그러자 백리강이 익살스러운 표정을 지었다.

내심 귀곡문 때문에 걱정이 산더미 같았지만 그래도 우강 앞에서 계속 그런 모습을 보이기는 싫었다.

"그야 장 어사가 중원을 찌르릉찌르릉 울리는 최강현령 장우강 아니겠소! 마교를 때려잡는……."

우강이 멍히 그를 쳐다보는데 그가 손을 흔들며 일어섰다.

"자, 그럼, 내 먼저 가겠소이다."

우강은 백리강과 헤어지고 다시 무림맹이 마련한 객잔으로 터벅터벅 걸어갔다. 그러다 문득 든 생각에 몸에 한줄기 한기가 스쳐 지나갔다.

'음. 귀곡문의 절기는 악기들을 막기 위해 또 다른 이계에서 온 것일 수도……. 그래 대라만상진만 보아도 그게 인간이 만들 수 있는 진이라 하기에는 너무 대단한 것이었어. 만약 강시대법술로 회생한 그들이 귀곡문의 절기를 악용해서 세상에 복수하러 나선다면 나라가 대혼란에 빠져버릴 거야.'

가는 내내 굳어 있던 우강이 얼굴이 점점 펴지기 시작했다.

'그래! 너무 걱정할 것은 없어! 지금껏 잘 해왔잖아. 내가 가진 패도 많다고.'

우강은 머릿속으로 자신이 가진 패를 펼쳐보았다.

자신이 가진 무공과 술법 그리고 제갈용성이 개조한 화탄이 떠올랐다가 사라지고, 자신과 사선을 헤쳐 온 이들의 얼굴들이 그다음이었다.

마지막으로 자신이 인연을 맺었던 얼굴들이 떠올랐다.

개중에는 자신에게 신세를 진 이들도 여럿 있었다.

'그래, 뭐니 뭐니 해도 나에게 크게 빚진 사람은 묘강문의 묘지선자야! 이참에 그녀에게 빚을 갚으라고 해야겠다. 묘강문 문주 자리를 곧 물려준다고 했으니, 내가 불러내도 문제는 없을 터.'

우강은 그녀를 소환하려는 이유는 또 있었다.

그녀 뒤에 세 사람의 그림자가 어른거렸기 때문이었다.

우강이 떠올린 3명은 바로 요지무, 능해강, 황호청이었다. 우강의 얼굴에서 짓궂은 미소가 그려졌다.

'헤헤헤. 어르신 세 분을 불러내야겠구나. 내가 묘지선자의 만남을 주선해준다고 하면 곧바로 달려올 것이야. 지금쯤 좀이 쑤실 테니…….'

그러다 우강은 좋은 생각이 머릿속에 떠올랐다.

'그래, 이참에 무림맹과 협의해서 그 네 분을 무림학관의 교관으로 임명하면 되겠네. 마음껏 후기지수들을 빼빼이

굴리라 하면 신나 하실 거야.'

또한 우강은 대리왕가의 후예들인 천룡문도들이 원한다면 그들을 불러들일 생각을 했다.

천룡문 문주의 소원은 중원에서 어엿한 문파로 자리매김하는 것이었다.

천룡문을 무림맹 일원으로 가입시키고, 아울러 근거지를 중원 중심부로 옮겨보라 하면 어떨까 싶었다.

물론 자칫 위험에 처할 일이 생길지 모르지만 나름의 생각이 있었다. 자신의 일행은 물론이고 그들이 원한다면 제갈용성처럼 부적으로 내공을 키워줄 작정이었다.

우강은 거리를 지나가며 뭐가 좋은지 바보처럼 실실거리며 웃었다.

'하하하. 문주에게는 3갑자, 나머지 문도들에게는 2갑자면 충분하고도 남겠지. 소수 무적 정예군단을 만드는 거야! 육맥신검을 펼칠 수 있도록…….'

객잔에 도착해서까지 그렇게 시시덕거리다 보니 다들 우강을 이상한 눈초리로 쳐다보았다.

주변의 따가운 시선을 느끼지 못한 우강은 금여울이 다가와 팔을 흔들자 그제야 급히 웃음을 멈추었다.

'아차차! 내가 뭐한 거야…….'

금여울이 우강을 구석 탁자로 안내하고선 입을 오물거렸다. 전음이었다.

—어사님! 무슨 좋은 일이 있어요?

—아, 뭐……. 그렇소, 허허.

—어사님, 정화 태감께 전갈이 왔어요. 우선 많이 미안하다는 말을 전해달라고 했고요. 아쉽겠지만 일단 어사님의 어사대는 모두 무림맹으로 보내겠다는 전갈입니다.

우강이 고개를 갸우뚱했다.

—어떻게 빨리 연락이 왔소이까? 북경까지는 제법 먼데 말이오.

—아, 정화 태감께서 지금 남경에 계세요. 동창의 일로 말이죠. 그리고 요청만 하면 남경에 주둔하고 있는 병사 이만을 무조건 내어주시겠다고 합니다.

우강은 기분이 좋아지자 곧바로 금여울에게 자신의 생각을 알렸다.

—수고했소이다. 음음, 한데 말이오, 금 첩형이 원한다면 내가 내공을 증량해 줄 수 있는데, 관심 있소이까? 내공 3갑자면 금 첩형이 만변총획일람의 마지막 초식을 자유자재로 펼쳐낼 수 있을 것이오. 하하.

금여울의 눈이 동그랗게 변했다. 순간 제갈용성이 떠올랐다. 지난번 운남에서 지하광장을 빠져나온 적들을 잡으러 갈 때, 제갈용성의 내공이 엄청나게 늘어나서 지금껏 계속 의문을 품고 있었다.

제갈용성은 자신은 절대 대답할 수 없다고 했으나 무슨

방법이 있음을 확신하고 있었다.

—정말이신가요?

—음, 그렇소. 정상적인 방법은 아니고 일종의 주술이라오. 지금은 그렇고, 나중에 다시 이야기합시다.

그녀가 머리를 도리도리 흔들었다.

—어사님, 제갈용성처럼 당장 해주세요. 저는 무조건 하겠습니다.

—음, 짐작은 하고 있었구려. 그럼 오늘 밤에 내가 기별을 하겠소. 나 혼자 될 일은 아니고 용성이도 같이 있어야 한다오.

—아! 알겠어요.

—한데 말이오, 부탁이 있소. 동창의 전서응을 좀 이용합시다.

—매 말인가요?

우강은 고개를 끄떡였다.

—그렇소, 긴급히 보낼 때가 있어서 말이오. 천외천의 고수 분들을 소환해야겠소.

우강이 오래도록 금여울과 전음으로 대화하니 이를 눈치 챈 화미궁의 세 여인이 눈을 반짝반짝 빛냈다.

곽미교가 송추희에게 말했다.

"언니, 저 두 사람이 전음을 주고받는데요."

"그래, 나도 알아, 오늘 밤은 우리 모두 자지 말고, 장 어사의 방만 바라보고 있자."

"알았어요, 언니. 장 어사가 저리할 때마다. 무슨 일이 일어나긴 하죠. 호호."

"그래. 또 누런 금덩이가 생길지도 몰라. 호호."

최강전귀

무림맹에서 대활약하다

결국 그날 밤 우강은 잠을 이루지 못했다.

그녀들 3명에게도 각 2갑자씩의 내공을 쏟아부어 주느라…….

다음 날 늦잠을 잔 우강은 해가 중천에 떠서야 일어났다.

'아! 이런 늦잠을 자버렸구나! 좀 무리하긴 했어…….'

우강은 급히 세안하고 객실에 딸린 음식점으로 향했다.

다들 그곳에 모여 점심을 들고 있었다.

우강은 계면쩍은 듯 그들에게 다가갔다.

"아. 미안합니다. 내가 요즘 격무에 시달려서 말이오……."

닭다리 하나를 우걱우걱 씹고 있던 홍칠이 급히 닭다리를 씹어 삼켰다.

시원하게 물 한잔을 들이켠 그가 우강에게 말했다.

"어사님, 몸이 피곤할 땐 보양식이 최고인데. 황구라도 잡아 대령할까요?"

우강이 고개를 가로저었다.

"아, 나는 괜찮소이다. 그것보다는 나 때문에 늦어졌으니 서둘러 이동합시다. 오늘 저녁은 내가 거하게 쏘겠소."

그러자 희색이 만면한 홍칠이 입맛을 다셨다.

그의 머릿속에는 벌써 맛있는 술과 함께 뭘 먹어야 할지가 그려지고 있었다.

"정말입니까? 역시 어사님이 최고이십니다."

그러자 팽기린이 홍칠을 째려보며 손을 들었다.

"어사님, 저희가 어사님을 모시려고 잡아놓은 객잔이 있어서 죄송합니다."

우강은 고개를 끄떡였다. 하나 그의 얼굴에서는 장난기 서린 미소가 감돌기 시작했다.

"아. 그래요. 그럼 그렇게 하죠. 근데 날 이리 극진히 대접하려는 이유가 뭐요? 뭔가 꿍꿍이가 있는 것 같은데, 속 시원히 말하지 않으면 지금 당장 떠날 수도 있소이다."

그러자 홍칠은 눈만 껌벅이고 있었고, 나머지 사람은 서로 눈치를 보며 안절부절못했다.

서로가 미루는 바람에 시간이 지체되자 모용중걸이 나섰다.

"저. 어사님, 제가 알기로는 어사님께 신설되는 무림학관의 교관을 당분간 맡아달라고 하는 것 같습니다만……."

우강은 이야기를 듣자마자 누구의 입김이 들어갔는지 바로 알 것 같았다.

'허! 이건 분명 장래 사위를 부려먹으려는 맹주님의 생각이 분명해. 그렇다고 이대로 끌려 다닐 순 없지. 공은 공이고 사는 사이니까. 저들을 통해 내 입장이 전해지게 해야겠다.'

우강은 순간 염두를 굴리고 일부러 화난 표정을 지으며 언성을 높였다.

"허허, 고위관직에 있는 나더러 무림학관의 교관을 맡으라고! 그게 말이라도 되는 소리요!"

그들은 우강이 진짜 화난 것으로 착각했다.

세 사람이 동시에 고개를 깊숙이 숙였다.

이때 홍칠은 그도 처음 듣는 말이라 분개했다.

무림맹에서 그에게는 일언반구 말해주지 않았기 때문이었다.

'흥! 두고 보자…… 방주님께 일러, 한바탕 난리법석이 일어나도록 할 거야!'

다시 고개를 들은 모용중걸이 우강을 달래려 안간힘을 썼다.

"진정하십시오. 어사님. 사실 억지인 건 알지만, 중원에는 마교나 신강제일문의 강자들과 제대로 겨루어 본 사람이 없습니다. 물론 그들과 맞서기 위해 그동안 피땀 흘려가며 수련을 했지만 한계가 있어서요."

"……."

"무공을 가르쳐달라는 것은 아니고, 이 정도면 그들과 대적해도 되겠다는 것을 판별해 달라는 것입니다. 지피지기면 백전백승이라는 말처럼 말이지요."

이때였다. 눈치 없이 제갈용성이 나섰다.

"헤헤. 강자라 하면 너무 막연한데요. 기준이 있어야 할 것 같은데……."

중간에 제갈용성이 끼어들자 모용중걸의 눈썹이 꿈틀했다.

"음, 제갈 동생. 그건 일류 무사 이상을 말하는 거요."

"그래요, 그런 거면 장 어사님께 부탁하면 안 돼요. 잘 모르니까요. 헤헤."

듣고 있던 우강이 기분 나빠지려 했다.

"용성아, 왜 내가 모른다는 거지?"

"그거야 형님의 무공이 너무 높아서 그렇지요. 차라리 나라면 모를까……!"

우강이 생각을 해보니 제갈용성의 말이 완전히 틀린 말은 아닌 것 같았다.

그래서 제갈용성의 생각을 알고 싶었다.

"그럼 너는 어찌 알지?"

"그야, 저와 대련을 해보면 알 수 있지요. 몇 수만에 나가떨어지는지를 계산해 보면 얼추 답이 나오지요. 헤헤."

우강은 그가 무슨 말을 하는지 알아차렸다.

'그래. 저 자식이 마교놈들과 싸운 경험을 써먹겠다. 이거군.'

하지만 듣고 있던 무림맹의 네 사람은 여전히 뭐가 뭔지 몰랐다.

우강과 나머지 일행들은 멍해 있는 네 사람을 힐끔 쳐다보며 속으로 웃음을 삼켰다.

제갈용성이 그 일을 맡으면 볼 만할 것 같았다.

무공판별을 핑계로 후기지수들을 신나게 매타작을 할 것이 분명했기에…….

반응이 별로라 느낀 제갈용성이 얼른 부연설명에 나섰다.

"그러니까요, 자신이 초일류 중반이라는 마교 고수가 있었어요. 다른 자들은 저한테 다 죽고 그만 운 좋게 살아남았는데, 그가 애절히 살려달라길래 제가 그 대신 내공을 낮추겠다고 했거든요. 그래서 좀 길게 싸웠어요. 됐죠?"

팽기린이 제갈용성을 쳐다보았다.

"음. 그러니까 무공시범을 보고 판별하는 것은 아니라는 말이네?"

제갈용성은 눈빛을 반짝이며 고개를 끄떡였다.

"그렇지요. 제가 상대해보고, 여러 정황을 살펴 종합적으로 판별해 드리겠다는 거죠. 마교의 강자를 만나면 몇 수만에 죽을 수 있는지 말입니다. 헤헤."

우강은 인상을 찡그리고 말았다.

'저 자식이 하필 말을 해도 저렇게 살벌하게 하냐…….'

제갈용성은 무림맹의 네 사람을 얼어붙게 하고는 자신의 객실로 사라졌다.

상황을 살핀 우강은 애써 담담한 표정을 지으며 입을 열었다.

"음. 생각해보니 내가 무림맹에서 몇 가지는 할 수 있을 것 같소만……."

그러자 그들의 눈이 일제히 우강을 향했다. 기대와 걱정을 동시에 하며…….

"첫째는 무림대회의 심사관을 맡는 것, 둘째는 무림학관 예비 신입생들과 면담하는 것, 그리고 무림학관의 교관으로 4명을 추천할 거요. 아, 아니지 총 5명이요, 제갈용성까지……."

"……."

“첫 번째와 두 번째를 하겠다는 이유는 마교도 같은 불손한 자들이 침투하는 것을 막겠다는 것과 무림대회 비무자들이 마음껏 자신의 기량을 펼치도록 여건을 만들어 주겠다는 뜻이 들어가 있소이다. 가령 비무자들 중 하나가 목숨이 위태로우면, 내가 나서서 구해주면 그만 아니겠소!”

“…….”

우강은 이 정도에서 말을 아껴야겠다고 생각했다.

“미안하지만 더 자세한 것은 맹주님을 뵙고 말씀드리겠소.”

그러자 홍칠이 손을 들었다.

“헤헤. 어사님, 마지막으로 한 가지만 질문 드리면 안 될까요?”

“무엇이오?”

“그게 다른 것은 이해가 가는데 무림학관에 들어오려는 자들을 면담한다는 게 도통 이해가 안 가서 말입니다. 무공을 살펴보는 것도 아니고…….”

그러자 주변의 모든 이들이 고개를 끄떡였다.

그들도 이해되지 않았기 때문이었다.

심지어 우강의 일행까지도…….

우강은 그런 분위기를 읽으며 천천히 말문을 열었다.

“음, 그건 말이요. 1차로 무공을 평가하는 것은 무림맹에서 진행하고, 나는 1차로 합격한 자들을 2차로 면접을 하겠다는 뜻이요. 그렇지만 면접의 내용은 밝힐 수 없소."

사실 우강은 기세나 느낌만으로는 침투하려는 자들을 모두 잡아낼 자신이 없었다.

그래서 면담이라 방법을 통해 주술과 염력 그리고 자신만의 심령금제술을 모두 동원할 생각이었다.

우강은 그것도 모자라 문송을 본인 옆자리에 앉힐 생각이었다.

'적의 간자들이 대거 몰려온다는 첩보가 있다고 했으니 이 기회에 몽땅 잡아버려야지.'

우강은 이 말을 끝으로 말없이 식사하는데 집중했다.

이동준비를 마친 일행이 밖에서 우강을 기다리고 있었다.

식사를 마치고 급히 짐을 챙긴 우강이 그들을 향해 소릴 질렀다.

"자! 출발하시지요!"

모두가 마차에 타자 마차는 전속력으로 무림맹이 있는 황산으로 향했다.

그들이 떠나자 수많은 전서구가 하늘 높이 날아올라 각기 어딘가로 사라졌다.

개방과 하오문, 암상도 있었고, 정체를 알 수 없는 다수의 정보상인도 있었다.

아마 그들 중 일부는 마교와 신강제일문의 끄나풀들이

분명했다.

우강은 새삼 자신이 중원에서 주목받는 위치에 올라섰음을 깨달았다.

어느덧 마차는 달리고 달려 무림맹에 도착했다.

우강은 마중 나온 무림맹주를 포함한 많은 무림맹의 핵심인물에 둘러싸여, 안남국에서 헤어지고 그동안 보지 못한 제갈청영, 강인걸을 비롯한 자신의 나머지 일행들에게는 인사조차 제대로 나누지 못했다.

모처럼 무림맹에 활기가 돌고 밤새 환영 만찬으로 떠들썩하다 보니 정작 자신이 말하고 싶었던 무거운 주제들은 입에 올리지도 못했다.

다음 날 오후, 우강은 무림맹주를 비롯한 무림맹 내의 주요인물과 회의를 하러 무림맹 대회의실로 향했다.

웅장하게 지어진 무림맹의 전각들을 바라보다 우강은 자신을 데리러 온 무상 곽현도에게 고개를 틀었다.

곧바로 우강은 농을 섞어 웃으며 말했다.

"무상 어르신. 근데 아직도 무림맹에 계십니다. 저번에는 곧 그만둘 것처럼 말씀하시더니……."

그러자 그가 짐짓 얼굴을 과하게 찡그렸다.

"하하, 내가 장 어사에게 자리 하나 마련해 놓으라고 그랬지. 한데 도통 나를 놓아줄 생각을 하지 않으니 어쩌겠나! 눌러앉아 있을 수밖에……."

"그렇지 않아도 주변에서 무상 어르신을 흠모하는 이들이 꽤 많더라고요."

"허허, 아마 그들은 내가 거대 문파 출신이 아니라서 큰 기대를 걸고 있는 것이겠지. 그들이 무림맹에서 웅지를 펼 수 있도록 내가 그들을 대변해 달라는 것 아니겠나!"

우강은 크게 웃었다.

"하하하. 알고 계셨군요. 그래서 무림맹을 못 떠나신 거고."

"뭐, 반은 맞는 말일세. 그 반은 정말로 무림맹주의 간곡한 요청 때문이지. 아직 그는 무림맹을 제대로 장악하지 못했네. 하니 그가 입지를 굳힐 동안 내가 바람막이가 되어 달라는 것이지. 뭐 그래도 다른 누구보다는 그가 무림맹주로 오래 남아 있는 게 좋을 듯해서 내가 그 역할을 감수하기로 한 거야……."

우강은 고개를 가로저었다.

"에이. 그게 다는 아니시겠죠? 제 생각으로는 중원 무림을 걱정해서 그런 것 같습니다만……. 사실 저도 정파의 숨은 저력을 믿고는 싶지만 다른 것은 차치하더라도 마교만 봐도 숨은 강자들이 화수분처럼 끝없이 넘쳐나는 것 같아요."

그러자 무상 곽현도가 무겁게 고개를 끄떡였다.

"그렇지. 장 어사도 많은 경험이 있었겠지만 나도 낭인으로 종횡하며 마교의 저력을 여러 번 느꼈었지. 그래서 그들과 정정당당히 붙어도 이기기 힘든 판국인데, 그들은 수단과 방법을 가리지 않으니 더 힘든 상대지……."

"그래도 이번에 사도련과 힘을 합하기로 한 것은 정말 잘한 일 같습니다."

그러자 그가 고개를 여러 차례 흔들었다.

"사실 나와 무림맹주가 밀어붙이긴 했지만 내부에서는 불만이 아직 많다네… 허허."

"제가 회의석상에 가서 그들에게 정신 좀 차리라고 말하겠습니다. 마교 외의 다른 세력도 그 힘이 만만치 않음을요! 신강제일문, 빙백문, 빙궁, 귀곡문, 천사궁 등등 말입니다."

무상 곽현도도 백리강처럼 눈이 휘둥그레졌다.

"뭐라! 귀곡문!"

"네. 그렇습니다. 두 사람이 부활했습니다. 듣기론 한이 많다고 하니 분명 중원에 엄청난 복수를 준비하고 있을 겁니다."

그렇게 이야기를 하다 보니 어느덧 무림맹 대회의실이 눈앞에 있었다.

* * *

한편, 강시대법술로 회생한 그들 두 사람은 명과 원나라 잔당들이 전쟁 중인 북방에 있었다.

그들 중 새하얀 흰머리를 휘날리고 있던 자가 입을 열었다.

30대 장한의 모습에 머리칼이 유난히도 반짝거렸다.

"이보시오, 곽 부 문주, 저들 참 어리석지 않습니까?"

이에 똑같이 30대 장한의 모습이지만 머리카락을 박박 밀어버린 부 문주가 답했다.

"강 문주님. 그래서 우리가 영원한 제국을 건설해야 합니다. 전쟁과 폭력이 없는……. 그러니 지금의 질서를 하루속히 갈아엎어야 하겠지요."

"맞습니다. 뭐 어쨌든, 우리가 설치한 귀곡 말고 또 하나의 만상대라진이 펼쳐진 곳에서 전쟁 중이라! 이번에는 하늘이 우리 편인 것 같아요. 널려 있는 게 생강시 재료들이니."

그러자 부 문주가 맞장구쳤다.

"그렇습니다. 만상대라진의 수정을 교체하기 위해 귀곡을 들러 여기를 왔는데, 어리석게도 전쟁 중이라니. 문주님 말씀처럼 우리에게 운이 닿아 있는 것 같습니다. 저들 병사들도 여기서 싸워서 비참하게 죽느니 차라리 강시로 재탄생되는 게 낫겠지요."

그러자 문주가 너털웃음을 터트렸다.

"부 문주의 말이 옳습니다. 우리가 힘을 합해 대라만상진 속의 악기들을 생강시에게 씌우면 시간을 단축해서 강력한 강시를 만들 수 있을 거예요. 완성된 혼원천년강시보다는 못하겠지만……."

"문주님, 그 정도만 해도 단단한 몸이 만들어질 것입니다. 강기나 검기에 공격당하면 모를까. 그렇지 않다면 무적이지요."

그러자 문주가 고개를 저었다.

"아닙니다. 우리 시대에 없던 것이 있지 않았습니까? 화탄이라는 것 말이지요."

"문주님, 그건 흔한 물건이 아니라고 했으니 너무 심려치 마십시오. 여차하면 저나 문주님이 해결하면 되는 것이고."

"그래, 나이가 들면 걱정이 많아진다고……. 허허!"

"문주님. 왜 그러세요! 천하에 비할 바 없이 준수한 미장부신데요."

"부 문주도 마찬가지입니다. 하하."

* * *

우강은 많은 군중이 보는 가운데 청강검을 들고 비무장에 올라서 있었다.

딱히 올라가고픈 마음은 추호도 없었지만…….

우강은 하늘을 잠시 우러러보았다.

어제, 우강은 자신이 하고픈 이야기를 모두 토해내었다.

열변까지는 아니더라도 참석한 무림맹의 핵심인물들이 정신이 번쩍 들게 할 만한 것이라고 스스로 자평했다.

그런데 난데없이 무림맹주로부터 전음이 날아왔다.

—사위, 내일 무림대회가 개시되는 날이니 그전에 먼저 흥미를 돋우는 것이 있어야 하지 않겠나. 우리가 몇 가지를 준비했지만 그 화룡점정은 장 어사가 찍어주게나…….

우강은 속에서 짜증이 솟구쳐 올랐다.

—저더러 광대가 대란 말씀입니까?

—이보게 사위. 절대 그건 아닐세! 군중들의 눈을 호강시킬 3대1의 대련시합이라네. 원래는 마땅한 적임자가 없어 고민하고 했는데, 자네를 보니 제격이라고 생각이 들더군.

우강이 고개를 갸웃거렸다.

—이해가 가지 않는군요. 왜 제가 적임자라는 것인지…….

—이보게, 우리에게 큰 기부를 하는 귀빈들과 그의 식솔들이 와 있는데, 그들이 생기발랄한 자네를 보면 좋아하지 않겠나? 호호백발의 늙은이들보다는…….

잠시 어제의 일을 돌이켜 본 우강은 대련장 위에 올라온

세 사람을 바라보았다.

그들은 화산파에서 20대를 대표하는 3세대의 매화삼수였다.

우강은 뒤늦게 알았지만 그들은 섬서성 내의 흑도들을 찾아다니며 모조리 패퇴시켰다고 했다.

아름다운 매화문양을 도포 자락에 새긴 그들이 먼저 포권을 했다.

이에 우강도 예의를 갖추고 곧바로 대련이 시작되었다.

우강은 제법 날카로운 기세를 품고 다가오는 그들을 바라보며 가볍게 검을 쥐었다.

'과연 육합검법이 저들에게 통할까?'

우강은 더는 화산에서는 익히는 자가 없다는 육합검법을 펼치기로 마음먹었다.

재미가 있을 것 같기도 했고, 무림맹주의 청에 대한 반발심이 작용한 탓이었다.

"야아합……!"

쉬이익.

우렁찬 기합 소리와 동시에 우강의 가슴을 향해 검 하나가 경쾌하게 뻗어왔다.

스으윽.

우강의 몸이 물 흐르듯 옆으로 자연스럽게 이동했다. 그냥 바닥을 미끄러져 간 느낌이었다.

"아하……!"

"대단하군……!"

화산파가 모여 있는 곳에서 아쉬움과 한탄이 뒤섞여 나왔다.

그 순간, 우강은 등 뒤로 매서운 검의 기세를 느끼곤 신형을 앞으로 쭉 뻗었다.

뒤에서 또 한 명의 매화검수가 우강의 등을 찔러 들어온 것이었다.

'이번엔 오른쪽 허리 어림인가…….'

세 번째 검이 찔러 들어오자 이번에도 신형을 틀며 비켜냈다.

특별한 보법에 따른 움직임이 아니었다. 그저 감각적으로 몸을 움직인 것뿐이었다.

"와아!"

"아악!"

우강은 관중들의 일희일비에 혼자 중얼거렸다.

'음, 맞네, 내가 광대놀음을 하고 있네…….'

그러면서 우강은 혀를 끌끌 찼다.

"쯧쯧……."

한데 그게 매화삼수를 자극했다. 그들은 모욕을 당했다고 느꼈다.

우강이 자신들의 무위를 깔본다고 생각한 거였다.

아무런 소리도, 기합도 없었다.

심기가 상한 그들이 우강을 향해 맹렬히 짓쳐왔다.

쐐액, 쐐액, 쐐애액…….

세 곳에서 동시에 찔러 들어왔다.

'엇, 제법 신랄한데, 독사의 독니처럼 살기를 머금었는데…….'

우강은 지면을 박차고 신형을 들어 올렸다.

한데, 한 마리 비조처럼 공중으로 솟구친 순간이었다.

쉬이익…….

갑자기 눈에 보이지 않는 투명한 암기가 우강에게 날아왔다.

순식간에 벌어진 일이라 어디서 날아왔는지 가늠하기 어려웠다.

우강은 짧은 경호성을 터뜨렸다.

"헉……."

가까이서 겨우 기척을 감지한 우강이 급히 공중에서 신형을 틀었다.

"어떤 놈이야……!"

한 개가 아니었다.

여러 개의 암기가 동기에 우강을 향하자 우강은 흉수를 파악할 겨를도 없이 허공을 이동하며 몸을 여러 번 뒤집어야 했다.

이때, 곤륜에서 온 도사들이 일제히 자리에서 일어섰다.

그들은 입을 다물지 못하고 있었다.

그중에서 흰 수염이 가장 도드라져 보이는 도사가 혼자 낮게 중얼거렸다.

"음. 운룡대구식을 속도 면에서 능가하는구나……. 도대체 어디서 저런 뛰어난 절기를 배운 걸까. 사문이 천축이라 들었던 것 같은데……."

또한 관중들도 우강의 경공에 환호하며 우레와 같은 박수를 보냈다.

"와아아……."

짝짝짝.

우강은 순간 정말 울고 싶은 심정이 되었다.

'이런 젠장! 지금 내가 정말로 공격받고 있다고…….'

우강이 암기들을 피하고 지면에 내려오자, 이번에는 기다렸다는 듯 매화삼수의 매서운 공격이 이어졌다.

우강의 몸이 급속히 뒤로 젖혀졌다.

왼발을 뒤로 빼며 옆으로, 다시 두 걸음 뒤로 종종…….

신경이 극도로 곤두선 우강의 눈에 활화산 같은 불꽃이 타올랐다.

'이 자식들이 돌았나. 진짜 해보자는 거야, 뭐야……!'

우강이 흥분하자 사지 백배에 진기가 가득 차올랐다.

우강의 두 눈에 매화삼수의 검 끝이 뚜렷이 잡히기 시작했다.

마치 황소가 느릿느릿 걸어가는 것처럼…….

이번에도 회심의 공격이 빗나가자 매화삼수는 이를 악물었다.

마치 평생 대적을 만난 듯 내공을 쥐어짜듯 끌어올리기 시작했다.

그러자 그들의 검에서 기이한 향이 품어 나오기 시작했다. 바로 매화향이었다.

우강은 코를 킁킁거렸다.

'뭐야, 검에서 향기가 나오는 건가……!'

그 순간 그들 3인의 외치는 소리가 천둥처럼 들렸다.

"매화접무(梅花蝶舞)!"

화산파가 자랑하는 이십사수매화검식의 절초가 전개된 것이다.

순식간에 세 자루의 검날이 우강의 다리와 허리 그리고 목을 향해 매섭게 치고 들어왔다.

세 배나 빨라진 속도로…….

순간 우강은 고민했다. 그들의 다리몽둥이를 부숴버리고 싶은 충동을 느꼈지만, 어딘가에서 자신을 노리고 있는 숨은 적이 마음에 걸렸다.

비무대에서 매화삼수와 드잡이하는 사이 적의 암수가 짓쳐든다면, 자칫 매화삼수가 화를 당할 수도 있었다.

'그래! 내가 지옥으로 간다.'

우강은 매화삼수의 공격을 피하려 다시 공중으로 몸을 띄웠다.

그러자 다시 어딘가에서 투명한 암기가 날아오기 시작했다.

공격을 예상한 우강이 공중에서 곧바로 육합검법을 전개했다.

아니 육합검막이라 해야 적절할 것 같았다. 너무나 빨리 검이 움직였으므로…….

동서남북과 위아래를 완벽히 봉쇄한 우강의 검막에 적의 암기가 튕겨 나갔다.

팅팅팅…….

우강은 그제야 암기의 정체를 알았다.

'이런 암기가 얼음조각이었다니…….'

우강은 끊임없이 팔을 놀리면서 열심히 머리를 굴렸다.

처음 암기에 공격당할 때는 암기를 피하느라 창졸간 경황이 없었다.

하지만 지면으로 내려오며 생각해보니 그저 자신에 대한 환호만 들릴 뿐 그 어떤 다른 움직임이 없어 의아스러웠다.

'그래, 그렇군. 저번 암기의 공격을 무림맹 그 누구도 알아차리지 못한 게 이해가 가는구나! 내가 피한 암기들이

때가 되자 곧바로 물방울로 화한 것이었어…….'

우강은 짧은 순간 결론에 도달했다.

'음. 그렇다면, 빙공의 고수가 나타났구나! 내가 취할 방법은…….'

우강은 호신강기로 무장하고 일부러 암기에 맞아주기로 했다.

암기가 날아온 정확한 위치를 파악하기 위해서였다.

'오냐! 네가 지금은 너희들 장단에 맞춰준다만, 좀만 기다려라! 내가 당한 것에 이자까지 붙여 줄 테니 …….'

우강이 암기세례에 맞서 검막을 펼칠 때, 관중들은 자리가 들썩할 정도로 즐거워했다.

그들의 눈에는 우강이 공중제비를 비롯한 다채로운 공중곡예를 선보이더니, 이번에는 공중에서 신나게 칼춤을 추자 절로 흥이 동한 것이다.

"하하하. 멀리서 일부러 구경하러 왔는데, 정말 잘 온 것 같아……."

"재미있다."

"멋있다……."

우강은 관중들의 소리를 담담히 받아들였다.

한순간 생각을 바꾸니 마음도 잔잔한 물결처럼 평온해졌다.

'그래, 마음껏 구경하쇼……!'

그 시각, 무상 곽현도는 팔짱을 끼며 인상을 쓰고 있었다.

옆에서 웃고 떠드는 무림맹 인사들이 못마땅하기도 했고, 오랜 경험에서 오는 직감이 이상 신호를 보내고 있었기 때문이었다.

'음. 아무래도 이상해…….'

그 순간, 우강이 관중들에게 또 한 차례의 묘기를 선사했다.

떨어지는 몸을 발판도 없이 그대로 공중에서 재도약을 한 거였다.

몸을 완전히 움츠렸다가 그 탄력으로 다시 공중으로 솟구쳤다.

관중들이 보기에는 한 마리의 물 찬 제비가 따로 없었다.

우강이 다시 공중으로 올라오자, 어김없이 얼음 암기들이 날아왔다.

쉐이익.

'온다…….'

우강은 눈을 감았다.

'미묘한 대기의 기파를 느껴야 한다……. 놈들은 회선술을 쓰고 있어!'

우강은 어디서부터 날아오는지 도저히 종잡을 수 없는 암기들을 눈 대신 파동으로 파악하려 했다.

우강이 피하지 않고 가만히 있자 그사이 예의 암기들이 정확히 그의 몸을 강타했다.

퍼버벅.

'아야야…….'

우강은 아픔을 참고, 암기가 날아온 진짜 방향으로 신속하게 몸을 틀었다.

'놈! 걸렸다…….'

암기는 관중석 상단의 귀빈석 중 하나에서 날아온 거였다.

귀빈석답게 양옆으로 칸막이가 설치되어 있었고 푹신한 의자가 있는 곳이었다.

우강은 진기를 최고조로 끌어올렸다.

수직으로 뻗은 손끝에서 투명한 진기가 솟구쳐 올라 대기의 수분을 얼렸다.

그러자 우강은 곧바로 공중에 부유하는 얼음알갱이들을 진기로 조종하기 시작했다.

'그래 이에는 이, 눈에는 눈이지. 똑같이 당해봐라…….'

기의 조정을 받은 얼음알갱이들이 귀빈석으로 번갯불처럼 날아갔다.

쐐애액.

"커억."

"윽……."

"윽……."

둘은 그 자리에서 절명하고, 하나가 다리를 절룩거리며 귀빈석을 빠져나가려 했다.

우강은 그를 직접 잡으러 아래로 하강했다.

비무장의 지면을 발판으로 삼아 한 번에 귀빈석으로 날아갈 심산이었다.

한데 그 순간이었다.

"매화낙섬(梅花落暹)!"

매화삼수의 우렁찬 기합성과 함께 눈먼 검들이 공중으로 솟구쳐 올라왔다.

'매화가 햇살을 떨어뜨린다.'라는 글자 그대로 공중에 떠 있는 자를 공격하기 아주 좋은 초식이었다.

우강은 발바닥이 따가워 오자 급히 공력을 발에 집중했다.

그러다 고개를 저었다.

'아니야, 저들의 검을 날려 버린다면 죄 없는 관중들이 다칠 수도 있고, 화산파에서 엄청난 치욕으로 느끼겠지…….'

우강은 이번에도 그냥 맞아주기로 했다.

'제길! 나라의 안위를 위해서 내가 참는다.'

우강이 방어를 포기하자 각기 다른 방향에서 짓쳐들어온 날카로운 검날이 우강의 다리를 무 자르듯 베는 듯했다.

팅, 팅, 팅……!

하지만 검은 우강의 호신강기에 부딪혀 속절없이 튕겨 나갔다.

그 순간 매화삼수는 놀라 입을 벌렸다가, 손아귀가 찢어지는 통증에 얼굴을 와락 찡그렸다.

그 순간 관중석에선 비명이 터져 나왔다.

여인들은 아예 손으로 얼굴을 가리고 있었다.

"아아악!"

"안 돼……!"

관중들은 우강의 다리에서 피가 솟구치며 그의 두 다리가 뭉텅 잘려나갈 것이라 상상했다.

얼얼한 통증을 느낀 우강은 힐끔 매화삼수를 노려보았다.

'괘씸한 놈들, 감히 검을 물리지도 않았어. 두고 보자…….'

우강은 순간의 생각을 접고, 곧바로 지면을 박차고 올라 귀빈석으로 날아갔다.

휘이익.

기다란 포물선을 그리며 비조처럼 우강이 귀빈석으로 향하자 관중들의 눈들이 그쪽으로 쏠리기 시작했다.

멀쩡한 우강이 신기하기도 했고, 왜 날아가는지 궁금하기도 한 터였다.

우강은 죽은 두 인영은 그대로 둔 채 곧바로 귀빈석에서 나가는 문으로 돌진했다.

'에잇. 기분도 그런데…….'

그리고 문을 한쪽 발로 '뻥' 찼다.

꽈아앙.

문이 박살이 나며 쪼개졌다. 우강은 문을 지나 아래로 향한 계단을 미끄럼 타듯 내려갔다.

'아니! 어디 갔지? 잠깐 사이에 도망친 것인가…….'

우강의 눈이 인파들로 향했다.

그 시각, 우강을 암격하려다 실패한 자는 이미 관중들 속에 숨어 탈출 기회를 엿보고 있었다.

한 손으로 자신의 다리를 지혈하며…….

우강이 관중들에게 걸어오자 그는 머리를 굴렸다.

'안 되겠다. 여차하면 인질극을 펼치자.'

그러고 있는데, 그의 등 뒤가 갑자기 뜨끔거렸다.

'억……!'

몸이 마비된 것이다. 그리고 그의 전면에 아는 얼굴이 나타나자 경악했다.

"오랜만입니다. 선배! 나, 양무웅이오."

"뭐! 선배……. 네놈이 어떻게 여길……."

양무웅이 비릿하게 웃었다.

"왜? 당신도 오는데, 내가 못 올 것 같소……!"

"……."

잠시 침묵하던 그가 갑자기 돌변해 양무웅에게 애원조로 말하기 시작했다.

"이봐 양무웅! 제발 날 보내다오. 한때는 스승과 제자 사이 아니었나! 날 풀어주면 문주님께 고해 널 용서하라고 하겠다……."

그러자 양무웅이 귀가 찬 듯 그를 노려봤다.

"허허. 그 말 같지도 않은 말 치우시오. 당신이 살 길은 깨끗이 다 털어놓는 일밖에 없소."

그사이에 우강이 인파를 뚫고 그들에게 다가왔다.

우강은 양무웅이 그가 찾던 자를 잡고 있자 기쁜 얼굴로 손뼉을 쳤다.

짝짝짝.

우강은 주변을 의식해 전음으로 말하기 시작했다.

―수고했소이다. 근데 어찌 된 일이요?

―일행들과 관중석에 있었는데, 갑자기 공기가 서늘하더라고요, 직감적으로 느꼈죠. 이건 빙백문의 빙공이라고…….

고개를 끄떡인 우강은 점혈되어 얼굴을 찡그리고 있는 자를 손가락을 가리켰다.

―그럼 이자의 정체는 뭐요?

―저자는 빙백문 문주 직속의 특별 기동대 소속입니다.

말이 그렇지 어둠의 암살자라고 봐도 무방합니다. 저도 저자의 지휘 하에 훈련을 받았습니다만, 다른 쪽으로 보직이 바뀌었지요. 지금 생각하면 천만다행이 아닐 수 없습니다.

이우강은 떼로 몰려오는 무림맹 무사들의 발걸음소리를 들었다.

우강이 곧바로 양무웅에게 고개를 돌렸다.

"양 무사! 얼른 이자를 데리고 떠나시오, 나중에 내가 찾아오겠소이다."

"네. 알겠습니다. 어사님!"

양우강이 그자를 데리고 떠나자마자 무림맹의 무사들이 들이닥쳤다.

그 순간, 그들을 인솔한 무림맹 총관 변욱이 다급히 입을 열었다.

그는 무림대회의 실무 행사 책임자였다.

—어찌 된 일이신가요? 어사님!

수많은 눈과 귀가 있어서 그가 전음으로 말을 걸어왔다.

우강은 화난 표정을 지어 보이며 동문서답했다.

—이거 참, 무림맹에 실망했습니다. 매화삼수가 진짜로 날 공격하더군요. 기분이 불쾌해서 한바탕 하고 싶은데 무림맹 체면을 살려주려면 그럴 수도 없고, 어쩌겠습니까! 내가 떠나야지요.

우강이 발길을 돌렸다. 얼굴에 당황한 표정이 역력한 총관이 그를 잡았다.

자신이 하고픈 말은 이미 머릿속에 사라졌다. 당장 급한 건 우강을 잡아야 했다.

—어사님, 잠깐만요. 그들 매화삼수가 젊은 혈기에 호승심을 부렸나 봅니다. 나중에 제대로 조사해서 일벌백계로 다스리겠으니, 그만 노여움을 푸시지요.

우강은 듣는 둥 마는 둥 하며 자신을 쳐다보는 관중들에게 입을 열었다.

"여러분! 그래 좀 재미있었습니까?"

그러자 귀여운 어린아이 하나가 해맑게 웃으며 말했다.

"어사님! 우리 동네 저잣거리에서 줄 타는 아저씨가 최고인 줄 알았는데, 어사님이 최고였어요."

그러자 관중들이 여기저기서 말하기 시작했습니다.

"최고였습니다. 어사님……!"

"어사님 덕분에 기분 좋게 눈 호강했습니다."

우강도 따라 웃었다.

"하하하. 여러분이 즐거우셨다니 저도 기쁩니다."

그러자 눈매가 날카로운 무사가 우강에게 다가와 포권을 했다.

"어사님. 감사합니다. 덕분에 평생 구경할까 말까 한 것을 보았습니다."

우강이 손사래를 치며 큰 소리로 말했다.

"아닙니다. 계속 정진하시면 훌륭한 무인이 되실 겁니다. 하하."

우강이 앞으로 나아가자 길을 터주기 위해 관중들이 자발적으로 두 무리로 갈라졌다.

그사이 계속 관중들의 칭송하는 소리가 메아리쳤다.

"최강현령 어사님, 최고……."

"어사님, 만세……."

우강은 일일이 손을 흔들어 그들에게 답례하며 유유히 무림맹을 빠져나갔다.

멍하게 서 있는 총관에게 일별도 주지 않은 채…….

한편, 우강이 그렇게 사라져버리고 잠시 후에 무림맹에선 난리가 났다.

그건 바로 귀빈석의 두 사람이 죽고 한 명이 실종된 일 때문이었다.

그나마 일반 관중들이 눈치채지 못한 게 무림맹으로서는 다행이라면 다행이었다.

그 시각, 무림맹 의원국의 내로라하는 의원들이 급히 이송해온 시체의 사인을 조사하고 있었다.

심각한 표정을 짓고 있던 무림맹주가 더는 참지 못하고, 입을 열었다.

"강 수석 의원님, 그래 사인이 나왔습니까?"

그러자 관록이 절로 뿜어져 나오는 의원 하나가 시신에서 눈을 떼고 고개를 틀었다.

"허어, 맹주님. 분명히 암기에 당한 상처 같은데, 눈을 씻고 찾아봐도 암기의 흔적이 보이지 않는군요."

"혹시 새털 같은 가느다란 암기라서 그런 것은 아닌지……."

듣기에 따라서는 기분 나쁜 말이지만 강 의원은 담담히 대꾸했다.

"이미, 그 부분도 예상하고 확인해 봤지만 발견되지 않았습니다. 다만 지금 저희가 재차 확인하고 있지만, 1차 소견으로는 죽은 자들이 상당한 무공을 가진 것으로 밝혀졌습니다."

그러자 맹주 남궁재호가 눈을 치켜떴다.

"아니 그럼, 저들이 상인이 아니라는 말씀이신가요?"

"음. 상인이 무공을 익히지 말라는 법은 없지만 제 생각엔 상인이 아닐 확률이 높습니다. 그러니 맹주님께서 이들의 신분을 다시 조사하시는 것이 좋을 듯합니다."

남궁재호는 순간 가슴을 쓸어내렸다.

일단 죽은 자들이 상인으로 위장한 자들이라면, 경위야 어쨌든 간에 대륙상단의 거센 항의와 무림맹에 지원을 끊겠다는 무서운 소리는 피할 수 있을 것 같았다.

남궁재호는 당장 총관을 불러야겠다고 생각했다.

한데 그의 마음을 귀신같이 알아챘는지 무림맹 총관 변욱이 헐레벌떡 뛰어 들어왔다.

그가 무림맹주에게 입을 뻥긋하려는 순간, 그보다 앞서 무림맹주가 손가락으로 시신들을 가리키며 총관을 힐난했다.

"이보시오, 총관, 죽은 저자들이 무인일 가능성이 크다 하오. 도대체 일 처리를 어찌 한 것이오! 지금 가서 당장 조사해오시오!"

그러자 총관이 머리를 조아리며 말했다.

"죄송합니다. 맹주님. 당당 다시 조사하겠습니다. 한데 드릴 말씀이 있습니다만……."

그러자 맹주가 짜증 난 얼굴로 고개를 가로저었다.

"나중에 듣겠소. 지금 내가 말한 거나 즉시 시행하시오."

고개를 숙인 채 곧장 신형을 돌려 나간 총관은 금붕어처럼 입을 뻐끔거렸다.

'아하! 이를 어쩌나 장 어사! 건을 보고해야 하는데…….'

머릿속이 복잡한 총관이 자신의 집무실로 향하다 자신의 반대편에서 걸어오는 무상 곽현도를 보고 손을 흔들었다.

"곽 무상님, 어디 가십니까? 바쁘시지 않다면 제가 할 말이 있는데……."

곽현도는 죽은 시신의 사인과 정체가 궁금해서 의원국으로 가는 중이었지만, 총관의 말에 곧장 발걸음을 멈추었다.

"말씀해보시오, 총관."

총관은 자신이 하고픈 이야기를 차분하게 말하기 시작했다.

대부분 우강과 관련된 이야기였다.

곽현도는 시종 진지하게 그의 이야기를 경청하다 총관이 입을 오므리자 자신의 할 말을 꺼냈다.

"총관. 그 부분은 내가 장 어사를 직접 만나 확인해보겠소. 난 그보다 장 어사가 무림맹에 크나큰 실망을 하지 않을까, 그게 더 걱정이오."

"그 부분은 장 어사가 화산에서 사과를 받으면 누그러들지 않을까요? 무상님."

곽현도는 총관도 사태를 제대로 보지 못함을 알고 고개를 내저었다.

"쯧쯧. 총관! 장 어사가 내키지 않는 비무대에 오르고, 비무대에서 누군가에게 암습을 당했다고 생각은 안 해봤소? 무례하게 구는 매화삼수를 꾹 참고 보호까지 했는데 그의 심정이 어떨 것 같소?"

그러자 그의 눈이 놀라 튀어나오려 했다.

"네! 암습을 당했다고요!"

"그렇소. 안 그랬으면 비무하다 말고 왜 귀빈석으로 날아갔겠소? 암습자를 잡기 위해서지."

순간 총관은 우강이 떠나고 난 뒤, 근처에 있던 관중들에게 들은 이야기가 떠올랐다.

'그랬구나! 그럼 암습자를 장 어사의 일행 중 누군가가 데려갔다는 말이고, 장 어사는 그 뒤를 따라갔다는 말이구나. 이런, 난 그런 것도 모르고 장 어사가 이상한 행동을 했다고 보고할 뻔했구나…….'

총관은 퍼뜩 생각을 접고 무상 곽현도를 바라보았다.

어쩌면 좋겠냐는 표정이었다. 이를 느낀 곽현도가 그를 쳐다보며 말했다.

"자, 정확한 것은 내가 장 어사를 만나보면 될 터이고, 총관은 얼른 가서 맹주의 명을 수행하는 것이 좋겠소. 그들이 대륙상인의 상인들로 위장해서 왔다면 어딘가에 진짜 상인이 살아 있을 수도 있고, 아니면 죽었든지……."

총관은 마음이 급해졌다. 제발 상인들이 살아 있기를 간절히 빌며, 곽현도와 헤어졌다.

* * *

한편 그 시각, 우강은 오랜만에 안남국에서 헤어진 일행들과 해후하고 있었다.

"자자! 여러분, 오랜만이오. 일단 자세한 것은 나중에 회포를 풀도록 하고, 우선 빙백문의 암살자를 만나고 싶은데……."

그러자 제갈용성이 고개를 저었다.

"어사님, 지금 없어요. 양무웅 형님이 그를 데리고 갔어요. 정교량 형님과 함께……."

우강이 인상을 쓰려 하자 급히 말을 붙였다.

"아, 그게 대륙상단의 상인을 구하러 갔어요. 빙백문의 살수들이 그들을 죽이지 않고 산속 어딘가에 가두어 두었대요. 나중에 몸값을 받으려고요. 한데, 상인들의 호위무사 오십 명과 마부들은 모조리 죽였나 보더라고요."

우강은 이런 이야기를 먼저 나서서 꺼낼 그가 아님을 잘 알고 있었다.

아니나 다를까 그의 눈에서 빛이 나기 시작했다.

"헤헤, 제가 그 빙백문의 살수의 입을 열게 했어요. 어사님!"

"어떻게 말이냐?"

"제가 주술로 그의 몸에 잡신을 집어넣었어요. 그리고 잡신을 특수 부적으로 못살게 굴었더니 이에 덩달아 괴로워하던 그가, 잠깐도 견디지 못하고 곧바로 실토했어요. 헤헤."

우강은 그답다고 여기며 순간 좋은 생각이 떠올랐다.

마교에서 외문기공을 익힐 때의 방식을 차용하기로 한 거였다.

"이봐, 다음부터는 잡신을 괴롭히지 말고 무림맹의 정파 무인들을 사람으로 만들어봐! 내가 외문기공을 속성으로 익히는 법을 알고 있는데, 그게 많이 아파……. 혈도를 강하게 자극해서 몸을 활성화하는 것이라서 말이야……."

제강용성의 입이 코에 걸렸다.

"하하하. 형님, 아니 어사님! 그런 잔재주가 있으면 빨리 가르쳐 주셔야죠. 저도 신나게 매타작 좀 해보게요. 세가에서도 그런 놈들한테 제가 좀 맺힌 게 많거든요!"

"좋아, 사방에 곡소리가 나게 해버려! 책임은 내가 질 테니……."

"책임은 무슨… 저들 몸 좋게 해준다는 건데, 저들이 오히려 감사해야죠."

"그런가……?"

"그럼요!"

둘은 서로 얼굴을 마주 보며, 환하게 웃었다.

"하하하……. 하하하……."

두 사람을 지켜보던 일행들도 함께 따라 웃었다.

"하하하……. 호호호……."

한동안 고조된 분위기가 가라앉자 제갈청영이 생글생글 웃으며 우강을 쳐다보았다.

"어사님, 제가 저희 사업 이야기를 좀 할까 하는데……."

우강은 제갈청영을 좀 괴롭혀줄 생각을 했다.

"제갈 군사. 그보다 이번에 우리도 내부 방규를 정해야 할 것 같소. 예를 들어 비밀을 함부로 유출하면 그에 상응한 벌을 받아야 하지 않겠소!"

제갈청영은 뜨끔했다. 우강이 그의 위치를 누설한 것을 지금 문제 삼고 있다는 것을 직감적으로 알았다.

그녀가 고개를 숙인 채 기어들어 가는 목소리로 말했다.

"네. 그렇게 해야지요."

우강은 팔짱을 끼며 빙긋이 웃었다.

"근데. 군사! 새색시처럼 왜 고개를 숙이고 계시오. 평소답지 않소이다. 하하."

그러자 안절부절못한 강인걸이 무릎을 꿇었다.

그도 눈치 하나로 우강의 눈에 든 자라 바로 상황을 파악했다.

"어사님, 다 이게 제가 못난 탓입니다. 한 번만 용서해주십시오."

"뭘 용서하란 말이오! 무슨 잘못이라도 했소?"

"그게……."

결국 제갈청영이 눈물을 흘리며 무릎을 꿇었다.

"잘못했습니다. 어사님!"

우강은 이쯤에서 그들을 용서해 주려 했다.

덧붙여 그들에게 선물까지 안겨주며…….

"그럼, 오늘부터 두 사람에게 내가 전권을 위임할 테니 무림맹과의 공식적인 교섭대표에 임명하겠소. 우리의 요구조건을 관철하고 향후 무림 향배에 대한 논의를 시작하는 거요. 나중에 사도련을 만나더라도 마찬가지지요."

두 사람은 감격에 겨운 목소리로 대답했다.

"알겠습니다. 어사님."

두 사람에게는 전 무림에 자신들의 이름 석 자를 알릴 큰 기회였다.

우강이 자신들을 크게 배려해주었음을 잘 알고 있었다.

"좋소. 제일 먼저 할 일은 나나 여러분들이 무림맹의 입맛에 맞게 끌려 다니지 않도록 존재감을 보여주는 일이오. 내 생각은 나의 피습을 빌미로 무림맹에 공식적인 항의부터 하는 게 좋겠소이다. 자칫 내가 암살당할 뻔했는데 그들의 공식적인 사죄를 받아내야 하지 않겠소이까!"

사실 우강이 의도하는 또 하나의 숨은 뜻은 본인이나 제갈청영, 제갈용성, 세 사람이 더는 개인적인 관계로 무림맹에 휘둘리지 않는 것이었다.

우강이 이야기를 마치는 순간, 양무웅과 정교량이 돌아왔다.

완전히 체념한 빙백문의 포로와 함께…….

한데 빈손이라 우강이 의아해할 무렵, 무림맹 무상 곽현도가 대륙상단의 두 상인과 함께 들어왔다.

눈치 빠른 양무웅이 곧바로 의문을 풀어주었다.

"돌아오다 만나 뵙게 되었습니다. 어사님."

우강이 고개를 끄떡이는 순간 곽현도가 웃으며 우강을 바라보았다.

"장 어사! 내가 장 어사와 허심탄회하게 이야기 좀 하고 싶은데……."

"네. 그러시지요."

"그럼 우리 좀 나갈까."

두 사람은 문을 나섰다.

한참을 야산 쪽으로 걸어가다 앉기에 안성맞춤인 바위에서 멈추어 섰다. 그가 우강을 바라보았다.

"장 어사, 여기가 좋을 듯하군."

"네. 그러시지요."

이후 두 사람은 오늘의 일에 대해 한동안 길게 이야기를 나누었다.

대부분은 우강이 말하고 그가 경청하는 식이었다.

우강의 이야기를 관심 있게 들은 곽현도가 허허롭게 웃었다.

"허허. 참! 무림맹에서 그들의 암수를 눈치챈 사람이 없다니…… 이거 문제로군. 문제야……."

그러자 장우강이 머리를 가로저었다.

"아니지요. 무상 어르신이 계신데요. 그리고 사실 그들 무공이 의표를 찌르는 생소한 무공이긴 하죠. 또한 이번에 저를 공격한 자들은 굉장한 고수들입니다. 암기에다 자신의 기운을 심을 줄 아는 자들이니 말입니다."

"하긴, 그들이 장 어사를 잘 알고 있으니 단단히 준비했겠지. 무공의 경지로 따진다면 최소 절정 중반에는 오른 자들이야. 그렇다는 말은 빙백문의 힘이 막강하다는 방증이겠지. 게다가 그들이 쫓겨난 마교주와도 힘을 합친 상태 아닌가! 자네가 어제 말해주었듯이……."

"그렇습니다. 저들은 동면공으로 이미 막강한 내공을 가진 자들이 분명합니다. 그러고 보니 요즘 제가 과거의 인물들과 싸우고 있었군요."

곽현도는 무겁게 고개를 끄덕이고는 곧바로 어깨를 곧추세웠다.

그러자 순간 그에게서 강인한 위세가 뿜어 나왔다.

"장 어사! 내가 자네의 말을 듣고, 지난밤 곰곰이 생각해보았는데, 일단 무림의 주적은 강시대법술과 회생한 자들과 빙백문과 전 마교 교주가 연합한 세력이 아닐까 싶네, 물론 마교와 신강제일문도 위협적인 세력은 맞지만……."

"……."

"그래도 지금은 그들을 논외로 두어도 될 것 같아. 여러 이유가 있지만, 일단 나의 사적 정보통에 의하면 그들은 지금 내분에 휩싸여 있는 것 같더라고……. 그들이 자네에겐 이를 갈고 있지만, 솔직히 지금껏 중원의 정파 무림에는 큰 해를 끼치지는 않았네, 아마도 이는 사파도 마찬가지일 테고…….”

“…….”

“난, 그래서 무림맹과, 사도련을 설득해서 그들과 화친을 맺는 것도 방법이라 생각하네만, 그것이 안 되더라도 당분간 적대행위를 중지하자고만 해도 큰 성과가 아닐까 싶네.”

“…….”

“그리 하려면 그전에 자네가 결자해지에 나서야겠지. 그들을 만나 담판을 지어야겠지……. 악연의 고리를 끊어야 하니까.”

우강은 쉬운 문제가 아니라고 생각했다.

당장 마교가 앵속을 퍼트린 일을 그냥 두고 가기 어려웠다.

더군다나 이 문제는 나라에서도 중하게 생각하는 일이었고…….

우강이 미간을 좁히며 고민하자 다시금 그가 말했다.

“장 어사. 혹 앵속 문제 때문에 고민하는 거라면 그건 이번 사건 이전에도 예전부터 간간이 있었던 일이었네, 내가 보기에는 마교의 수뇌부를 만나 직접 확인해봐야 할 것 같은 생각이 들거든. 지금의 실세인 마교 원로원 원주가 직접 지시한 일이 아닐 수도 있어……."

우강은 그럴 수도 있다고 생각했다. 현재 마교의 경우는 강력한 구심점이 없었기 때문이었다.

그건 그렇다 해도 신강제일문의 문주를 만나러 가는 것은 좀 문제라는 생각이 들었다.

지금 상황에서 그 멀리까지 원행을 떠나는 것이 쉬운 일이 아니었기 때문이었다.

"무상 어르신. 좋으신 말씀 잘 들었습니다. 제가 개안을 한 느낌입니다. 한데, 십만대산은 모르겠는데, 신강은 너무 멀어서……."

곽현도는 우강이 본인의 생각을 접수하자 기분이 고무되었다.

하여 자신의 비밀 한 자락을 털어놓기로 했다.

"장 어사. 그들은 이미 중원에 들어와 있네. 신강에는 그저 상징적으로만 있는 거고……."

우강은 그의 이야기를 듣고 놀랐다.

본인도 그들 세력이 이미 중원에 퍼져있다는 건 잘 알고 있지만 그들 문파의 중심이 이미 중원으로 이동했다는 것은 꿈에도 몰랐다.

"정말입니까?"

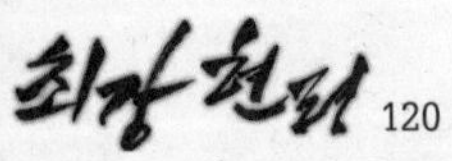

“그렇다네. 중원으로 치면 그래도 변방이지만 감숙에 자리 잡고 있네. 감숙성 공동파도 눈치채지 못하고 있으니 자네가 모르는 것은 당연하겠지…….”

우강은 고개를 갸웃거리며 눈을 빛냈다.

“그럼 어떻게 아신 겁니까?”

“뭐. 바로 말하지. 은자림을 통해서지. 나도 사실 은자림의 회원이거든. 좀 높은 자리에 있지…….”

우강은 곧바로 되물었다.

“혹 은자림의 림주님이 십니까?”

“뭐, 그다지 실권은 많지 않지만, 그렇다네.”

우강은 놀라운 사실을 알게 되어 기뻤다.

은자림의 숨은 힘은 아무도 몰랐다.

그런데 눈앞에 있는 곽현도가 은자림의 실세 중의 실세라니, 천군만마를 얻은 기분이었다.

동정어옹과도 그가 교분이 있었지만 은자림 내 영향력 면에서 그와는 비교가 되지 않았다.

“하하, 그렇군요. 낭인왕에다, 무림맹의 무상에, 이번에는 은자림의 림주시라니. 혹 또 다른 신분이 있는 것은 아닌가요?”

그러자 그가 과장되게 고개를 끄떡였다.

“곧 그리될 것 같네. 자네가 한자리 주지 않겠나! 상단의 상단주나 대행수로 말일세, 하하하…….”

우강은 넌지시 웃으며 그를 째려보다가, 다시 말을 이었다.

"하하하. 그렇군요. 제가 해 드려야죠."

"그건 그렇고, 자네 휘하에 특이한 여인들이 셋 있던데 어제 소개를 못 받아서 말이야. 혹 화미궁 출신들 아닌가."

우강이 고개를 끄떡였다.

"네. 그렇습니다. 사실 제 휘하라기보다는 그녀들이 따라다니고 있지요. 그러고 보니, 어르신! 어제 제 일행들이 저와 같이 무림맹에 들어가려 하자 출입을 막은 것부터 기분이 좋지 않더군요."

곽현도는 인상을 찌푸릴 뿐 아무런 대꾸를 하지 않았다.

어떤 경우는 무언이 답일 수도 있었다.

우강은 그의 태도에서 진실을 느끼며 씁쓸해했다.

'음. 무림맹주가 독단적으로 그리 한 것이겠지. 날 마음대로 갖고 놀 수 있다고 대외에 과시하고픈 거였어……. 예전처럼! 하지만 이제부터는 곤란하지!'

곽현도는 애매한 상황을 벗어나려 화제를 돌렸다.

"요즘 상단들도 위기를 느끼는 모양이야. 아까 대륙상단의 대행수 두 사람이 그러더군. 상단의 무사들도 무림학관에서 교육을 받고 싶다고."

우강은 눈을 동그랗게 뜨면서 곽현도의 입을 주시했다.

“뭐, 그리만 해준다면 무림학관에 큰 투자를 하겠다고 하더군. 아마도 대륙상단이 저리 나서면, 곧 다른 상단 몇몇도 대륙상단을 따라 할 거야…….”

우강은 자신의 무게감을 크게 키워 볼 생각을 했다.

뻔히 보이는 수작이라 곽현도는 바로 알아채겠지만 그건 개의치 않았다.

그의 내심을 전달하면 되는 일이었다.

“하하. 그렇습니까! 무상 어르신. 그렇다면 저희는 빠져도 되겠군요. 무공교관을 추천하려는 일은 그냥 백지로 돌리겠습니다. 돈이면 뭔들 못하겠습니까! 교관이 부족하면 무림맹에서 중원 각지에서 훌륭한 교관을 모셔오면 되지 않겠습니까!”

“…….”

“또한 저는 당장 내일 무림대회의 심사관을 맡는 일부터 무림학관의 면접관을 하겠다는 일까지, 모두 없던 일로 하려 합니다. 저를 노리는 자들이 많아서 제가 몸조심을 좀 해야겠습니다.”

그러자 곽현도가 예상을 깨고, 쌍수를 들고 환영했다.

“하하하. 잘 생각했네. 난 어제 자네가 말할 때부터 반대하려고 했었지. 그리고 지금은 말이야, 자네 생각보다 더 좋은 생각이 내게 있거든…….”

‘뛰는 자 위에 나는 자가 있다고 했던가!’ 바로 그 짝이었다.

우강은 입술이 바짝 마름을 느끼면서 목을 앞으로 쭉 내밀었다.

"솔직히, 자네가 마치 안달이 난 것처럼 그리 무림맹을 돌봐 줄 필요가 없다네. 그럴수록 무림맹에서는 고마움을 못 느끼지. 그것보다는 말이야, 그들이 애걸복걸하게 만들어야겠지, 적정한 시점에 말이야……."

곽현도는 우강의 변하는 표정을 재미있게 지켜보며 계속 말을 이어나갔다.

"좋은 생각이 좀 전에 하나 떠올랐네!"

곽현도가 순간 뜸을 들이자 우강은 바짝 긴장하며 눈에 잔뜩 힘을 주었다.

"하하. 장 어사가 무림학관에 들어가려는 자들을 위한 무림학원을 차리게나. 그게 돈벌이가 되지 않겠나!"

우강의 눈이 화등잔만 하게 커졌다.

곽현도는 우강의 커진 눈을 보며 자신이 준비한 한 수가 절묘했음을 느끼고, 더욱 의기양양해졌다.

"그리고 간자가 들어오든 말든 그건 자네가 신경 쓸 일이 아니야. 그런 것은 무림맹 스스로가 알아서 하게 해야 무림맹도 발전이 있을 걸세. 그보다는 무림맹 주위를 암행하면서 자네 눈에 진짜 고수로 보이는 적들을 처리하는 게 어떨까 싶네만……."

"……."

"그게 자네의 무공에 걸맞게 위상을 올리는 일이지. 그깟 피라미들을 상대해봐야 시간만 축나고 얻을 게 별로 없다는 뜻이야. 아마 자네를 시기하는 무림맹 내의 세력들은 자네에게 털끝만큼도 고마움을 느끼지 않을 걸세."

"……."

"고마움이라는 것도 상대적인 것을 알아야 하네. 그들이 할 수 있는 일을 자네가 해주기보다는 그들이 놀라고 할 수 없는 일을 해야 진정으로 고마움을 느낀다는 뜻이야. 내 말 무슨 뜻이지 잘 알겠나?"

우강은 고개를 끄떡이며 고개를 깊숙이 숙였다.

"좋은 가르침 감사합니다. 무상 어르신. 어르신 뜻대로 해 보겠습니다."

그러자 곽현도가 심하게 손을 휘휘 저었다.

"뭐, 그런 것 가지고 말이야, 하하. 자네는 나에게 돈만 듬뿍 주면 되네. 자문료는 받아야 하지 않겠나! 나도 돈 쓸 일이 쏠쏠하게 많단 말이지."

"아! 물론이지요. 그리해야죠."

곽현도의 얼굴이 밝아졌다. 그러다 우강 가까이에 다가가 슬쩍 말을 흘렸다.

"사실은 말이야, 무림맹이 흔들려야 정파의 진짜 명숙이란 자들이 튀어나올 걸세. 그들을 빨리 세상 밖으로 끌어내려면 무림맹이 야단법석이 좀 나 봐야 한다네. 물론 그리되면 자네 장인이 될 무림맹주의 입지가 흔들리겠지만…….”

우강은 그의 말에 고개를 끄떡였다.

사실 모용세가만 하더라도 숨은 거인이 숨 쉬고 있음을 알기에, 유수한 명문정파에 그런 이가 최소 한둘은 있으리라 생각하고 있었다.

“네. 어르신의 말씀이 백번 지당하신 말씀입니다.”

“그렇다네. 그러려면 그들과 연결고리가 있는 장문인들이 각성해야 하는데, 현실은 그렇지가 않다네……. 쯧쯧.”

곽현도는 한숨을 쉬며, 다시 입을 열었다.

“그건 말일세, 각 문파에서 파견된 자들이 사실관계를 제대로 전달하지 않거나 아니면 그들의 보고를 장문인들이 과소평가하거나 둘 중에 하나겠지……. 나는 후자에 더 방점을 두고 싶네…….”

“…….”

곽현도가 이번에는 자신의 얼굴을 우강 가까이 닿을락말락 할 정도까지 갖다 댔다.

“그리고 일정 부분은 자네의 책임이 크다네. 자네가 너무 설치고 다닌 탓에 무림이 조용해지지 않았냐 말일세. 잔챙이들마저도 자네가 친절하게 소탕해주었으니……. 그런 자들은 적당히 그들의 몫으로 떼어 주었어야 했는데 말이야. 하하하."

"……."

이 순간, 우강은 자기 생각이 맞는지를 확인해보기로 했다.

이건 매우 중요한 일이라 그냥 지나치기에는 찜찜한 감이 없잖아 있었다.

"저 무상 어르신! 각 문파의 진짜 명숙이라 하면, 어느 정도의 고수를 생각해야 할까요?"

곽문도가 무슨 뜻인지 안다는 듯 빙긋 웃었다.

"하하하, 자네 혹 뭐, 반로환동한 고수 같은 그런 분을 상상하는지 모르겠는데, 그건 아닐세. 물론 무공이 매우 뛰어날 수도 있지만 다른 방면으로 뛰어날 수도 있지. 그분들은 대개 문파에서 요직을 맡다가 뒤로 물러난 분들일세. 이를테면 전대 장문인 같은 분 말일세."

"……."

"그리고 보통 장문인이 물러나면 그와 같은 항렬의 분들도 관례상 다들 자리에서 물러나 은거에 들어가지……. 그들 또한 진짜 명숙이라 볼 수 있겠지. 예외는 언제나 있겠지만, 크게 보면 그렇다는 말일세."

우강은 그의 말을 들으며 가슴을 쓸어내렸다.

'후유, 안 물어봤으면 큰일 날 뻔했구나! 난 모용 어르신 같은 분만 생각하고 있었는데…….'

사실 이게 다 우강의 눈이 너무 높아서 오는 부작용이었다.

할 말을 다 마친 곽현도가 자리를 털고 일어나자 우강도 따라 일어났다.

이때, 곽현도가 자신의 이마를 쳤다.

"아이고, 내 정신 좀 봐라! 미안하지만 문송 말코 좀 불러주게, 내가 아는 자일세. 자넨 인복이 많아! 문송이야말로 예외적이긴 하지만 무당의 진짜 명숙이야! 자네가 겪어봐서 잘 알겠지만……."

우강은 고개를 끄떡이며 고개를 숙였다.

"네 그럼요. 잘 알지요. 그럼 어르신 다음에 또 뵙겠습니다."

"그래, 또 봄세……."

우강은 문송을 부르러 안으로 들어가면서 생각에 잠겼다.

'그래 그는 천년강시술로 회생한 자를 척살하고, 힘이 세진 강시들과도 제대로 겨룬 인물이지. 가만, 그렇다면 윤지평도 진짜 명숙 측에 들겠는데……. 그가 용음수인을 터득하고 난 뒤 우리 일행 중 제일 강자가 되었으니까. 이제 다시 만나면 그의 이름도 함부로 부르면 안 되겠다.'

우강은 다시 일행 곁에 돌아왔다.

다들 두 사람 사이에서 무슨 대화가 오갔는지 궁금한 표정들이었다.

우강은 그들의 생각을 읽으며 우선 문송에게 고개를 돌려 말했다.

"문송 진인, 나가 보시지요. 뵙자고 하십니다."

문송은 그런 줄 알았다는 얼굴이었다.

"알겠습니다. 다녀오겠습니다."

문송이 나가자 우강은 일행들을 둘러보며 말문을 열었다.

"자, 궁금한 게 많겠지만 조금만 참아주세요. 우선은 제가 두 분 상인 분과 대화를 먼저 할까 합니다."

이후, 우강은 두 상인의 몸 상태를 확인하고 대화에 나섰다.

"안녕하십니까? 정식으로 인사드리죠. 어사 장우강입니다. 종1품 도독동지(都督同知)를 겸하고 있습니다만… 하하."

우강이 잘 언급하지 않는 관직까지 들고 나오자 그들이 순간 주눅이 들었다.

우강은 그들의 표정을 살피며 자신의 의도가 통했음을 알고 흐뭇해했다.

'하하, 시작이 좋은데.'

두 상인은 옷매무시를 다듬으며, 우강에게 고개를 숙여 인사했다.

"어사님. 만나 뵙게 되어 영광입니다. 저는 대륙상단 대행수 이선국이라 합니다."

"저는 대륙상단 대행수 곽현동이라 합니다."

사실 규모만 따진다면야 중원 오대 상단 중 대륙상단이 중원 최고의 상단이었다.

우강은 그들의 이모저모를 아주 자세하게 살폈다.

큰 화를 당했음에도 그럭저럭 당시의 충격에서 벗어난 듯 보였다.

얼굴은 다소 초췌해 보였지만…….

'음. 대상단의 이인자라서 그런가 역시 만만한 인물들은 아니야…….'

우강은 곧바로 곽현도의 금석 같은 조언을 실행에 옮길 참이었지만, 사실 노회한 그들과 머리를 싸매며 흥정하기는 애초부터 어렵다고 판단했다.

하여 우강은 그때그때 상황에 맞추어서 유연하게 대응하기로 마음먹고 있었다.

이때, 세 사람의 대화가 궁금한지 일행들이 우르르 그들 셋 주변으로 몰려들었다.

우강은 자신의 일행들을 힐끔 쳐다보다가 다시 두 상인을 향해 고개를 돌렸다.

잇몸이 드러나도록 환하게 웃으면서…….

"하하. 평생에 한 번 만나볼까 말까 한 두 분을 이리 마주

하고 있다니, 제가 정말 운이 좋군요."

우강이 본격적인 서두를 떼자 그들 두 사람의 가슴이 덜컥 내려앉았다.

그들이 놀란 이유는 워낙에 고위관료들을 많이 보아온 터라 저런 식으로 말을 꺼내면 반드시 큰 대가를 요구한다는 것을 알고 있어서였다.

그들은 우강이 자신들을 구출해준 수고비를 거하게 요구하리라 생각해서 본격적으로 머리를 굴리기 시작했다.

최대한 깎아 보려는 상인 특유의 몸부림이었다.

우강은 그들을 보며 고개를 갸우뚱거렸다.

'음 저 사람들이 왜 저러지. 심장 뛰는 것으로 봐서는 놀라서 긴장하고 있다는 뜻인데…….'

우강의 상술이 그들보다 떨어진다 해도 무공이 절대 떨어질 수는 없는 일이었다.

'그래, 신체의 변화로 심리상태를 추정한다면 그 또한 기술이지, 하하.'

그러는 동안 이선동이 먼저 말을 꺼냈다.

"어사님! 여러 번 인사드려도 모자람이 없을 것 같아요. 다시 한번 구해주셔서 감사합니다. 하여, 저희가 약소하지만 저희 정성을 담아보려고 합니다만……."

그들은 말을 꺼내면서 우강의 얼굴 변화를 관찰하는 것을 잊지 않았다.

장사꾼 최고의 덕목이 상대의 수를 미리 알아채는 거라는 것을 그들은 뼛속 깊이 알고 있었다.

우강은 그들의 하는 행태를 보며 속으로 웃음을 참지 못했다.

'아하! 이들이 내가 수고비 조로 뭘 요구할까 봐 저리 긴장했던 것이군. 그러면 이것을 잘 이용하면 일의 진행이 수월할 터……!'

생각을 마친 우강은 급히 손사래를 쳤다.

"아이고 아닙니다. 이거 제가 한 것이라는 게 뭐 별거 없습니다. 단지 여러분을 습격한 3명 중 2명을 죽이고, 다른 하나를 상처 입혔을 뿐입니다. 나머지는 우리 일행들이 한 일이지요. 하하하."

그들은 갑자기 헷갈리기 시작했다.

한 것이 없다 해놓고선 자기가 한 일을 잔뜩 늘어놓으니 어느 장단에 춤을 춰야 할지 몰랐다.

그들이 당황하는 사이 우강은 다시 말을 이어갔다.

"보시다시피, 저를 포함해 우리 일행들의 무공은 굉장히 뛰어납니다. 절정 중반 급의 고수도 아무렇지 않게 요리하지 않았겠습니까! 안 그런가요?"

그들은 그들 세 명이 공격해왔을 때를 떠올렸다.

나름 선별한 호위무사 50명이 별반 대응도 못 하고 순식간에 죽어버린 것을 떠올린 것이다.

그때만 생각해도 그들은 지금도 가슴이 떨려왔다.

이번에는 곽현동이 우강의 말을 받았다.

"아무렴요. 어사님뿐만 아니라 일행 모든 분이 엄청난 무공을 소유하고 계셔서, 저희는 무림뿐만 아니고 무림과 상계의 큰 복이라 생각합니다."

우강은 지긋이 그들을 쳐다보며 눈웃음을 쳤다.

"그래서 말입니다. 저는 무림과 상계의 평화와 안정을 위하여 이곳에 무림학원을 개설하려 합니다. 더불어서 말씀드리고 싶은 것은 사실, 뭐 무림학원만 이수해도 충분하지만 무림맹의 무림학관에 들어가길 원한다면, 단기간 속성으로 족집게 과외를 해줄 참입니다."

"……."

"음, 이건 사견이지만, 아무리 대륙상단의 요청이 간절해도 무림맹 입장에서는 형평성을 따지지 않을 수 없겠지요. 제 말은 무림학관에 입관하는 시험은 누구에게나 똑같이 까다로울 수밖에 없다는 뜻이지요."

"……."

"결국에 이는 무림 교관들의 교육을 받을 자격이 있는 자들만이 무림학관에 들어갈 수 있다는 말이 되겠습니다. 그런 뜻에서 제가 설립하고자 하는 무림학원이 귀 상단의 최고의 선택지 같습니다만……."

그들은 곧바로 우강이 의도하는 바를 알아챘다.

그래도 아직은 말을 꺼내기가 조심스러워 계속 우강의 입만 쳐다보았다. 다소 떨리는 마음으로…….

우강은 계속 그들의 겉모습과 심장박동수를 살피며 눈에 힘을 주었다.

"그래서 하는 말인데, 두 분이 대륙상단의 상단주님께 잘 말씀드려주시지요! 저희가 개설하려는 무림학원에 귀 상단의 무사들이 등록할 수 있도록 말입니다!"

"……."

우강은 목소리를 좀 더 높였다.

"그리만 해주신다면, 두 분 생명을 구해준 수고비는 그저 딱 하루 정도! 최고급 산해진미를 먹고 일행들과 즐겁게 회포를 풀 수 있는 정도로 만족하겠습니다. 어떻습니까? 제 제안이……."

그들 처지에서는 우강의 제안이 솔깃한 정도가 아니라 반드시 받아들여야 할 제안이었다.

산해진미와 미주(美酒), 거기에 조금 보태서 적당한 선물을 주는 것 정도는 상단주의 도움 없이도 그들 스스로 가볍게 해줄 수 있는 일이었다.

두 사람의 눈이 마주치며 그들만 아는 암호로 자신들의 생각을 순식간에 교환했다.

이견이 있을 수 없었다. 두 사람이 동시에 입을 열었다.

"어사님! 반드시 그렇게 하겠습니다. 아마 상단주님도

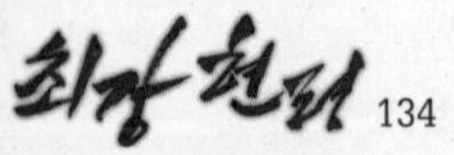

흔쾌히 받아들이고 어사님께 감사하게 생각하실 겁니다."

우강의 회심의 미소를 지으며 마지막으로 쐐기를 박았다.

"제가 존경하는 상단주님이라면 응당 그렇게 하실 겁니다. 만약에 놈들이 두 분의 몸값을 요구했다면 엄청났을 겁니다. 게다가 두 분이 아무리 의지견정(意志堅定) 하신다 해도, 그들 무뢰배의 고문을 견디기 힘드셨을 겁니다. 하면 상단의 비밀이 술술……. 허허."

그들은 힘차게 고개를 끄덕였다.

백번 지당한 말이었고, 우강이 그들에게 이런 점까지 부각하며 상단주에게 잘 전달하라는 뜻으로 받아들였다.

상계에 잔뼈가 굵은 그들이 이를 모를 리가 없었다.

이후, 소소한 이야기들을 나누며 화기애애하게 대화가 마무리되었다.

그들은 발길을 돌려 곧바로 가까이 있는 대륙상단의 분점으로 떠났다.

그들을 홀로 보낼 수가 없어 우강은 낭인 3인방으로 하여금 마차를 준비하고 그들의 경호를 맡겼다.

당연히 그들에게서 수금할 건 잊지 않도록 했다.

그들이 무림맹주를 만나지도 않고 떠난 거에는 우강이 미처 생각하지 못한 이유가 있었다.

그것은 무림맹 세력권 내에서 그들이 일을 당한데 대한

일종의 항의 표시였다.
귀한 손님에 대한 충분치 못한 경호를 추궁한 거였다.

한바탕 일진광풍이 휘몰아친 듯한 광경이 사그라지자 일행들의 눈에는 의혹이 가득했다.
하지만 그 누구도 우강의 노련한 말솜씨에는 토를 달지 않았다.
심지어 그런 일에 둔감한 제갈용성까지…….
제갈용성이 제일 먼저 입을 열었다.
"저기 어사님, 갑자기 무림학원은 뭐고, 그러면 저더러 무림교관을 하라는 것은 어찌 되는 겁니까?"
"너는 무림교관 하지 말고, 무림학원의 교관을 맡으면 된다. 정파의 건방진 후기지수들을 혼내주는 것은 다 내게 생각이 있다."
우강은 제갈용성이 이리 물어올 줄 알고 급하게 생각한 것이 하나 있었다.
"그게 뭡니까?"
"우리가 실전경험이 많잖니! 그래서 돈을 받고 무림 대련을 해주는 것이지. 단, 그들이 원하면 비공개로 말이다. 특히 용성이 너에게 기회를 많이 주마. 아마 넌 곧 부자가 될 것이야. 내 장담하지."
희색이 만면한 제갈용성이 잊지 않고 자기 것은 챙겼다.

"좋아요. 어사님, 그래도 어사님이 가르쳐주신다는 것은 저에게 알려줘야 해요. 요긴하게 써먹을 때가 많을 것 같거든요. 헤헤."

"그럼. 당연하지. 하하."

우강은 제갈용성과 대화가 끝나자 좌중을 돌아보며 그동안 벌어졌던 일에 관해 일목요연하게 설명하기 시작했다.

이야기 중에 곽현도의 생각은 본인의 생각으로 둔갑시켰다. 이는 곽현도가 원한 일이었다.

우강의 이야기가 끝나자 제갈청영이 나섰다.

지금까지 여기서 진행해 온 사업에 관해 우강에게 보고하기 위함이었다.

그녀의 보고를 들은 우강이 목청을 가다듬었다.

"자, 모두 수고했습니다. 이곳 터를 저렴한 가격에 매입한 것을 칭찬하지 않을 수 없네요. 지금 당장 사업을 시작해도 되겠지만, 표국과 의방 사업은 군사의 말처럼 상황이 호전될 때까지 1년 정도 늦추기로 합시다. 대신 여러분들이 할 일이 많습니다."

"……."

"그리고 내가 초청한 네 분이 오면, 다들 그분들에게 예의를 잘 갖추기를 바랍니다. 뭐 그분들이 세속의 예의 같은 것은 초월한지 오래되었지만 그래도 우리가 할 것은 해야죠. 장차 그분들이 우리 무림학원을 먹여 살릴지도 모르니 말입니다."

"……."

"아, 마지막으로 내가 당분간 무림맹 주변에 수상한 자들을 찾아다닐 겁니다. 그러니 그동안 내가 없더라도 여길 잘 꾸려나가길 부탁합니다. 그리 오래 걸리지는 않을 거예요. 한 열흘이면 충분하지 않을까 생각됩니다."

우강은 자신을 따라나서려는 청을 모두 거부했다.

힘들게 일행들을 뿌리치고 황산 주변을 무작정 걷다 보니 어느덧 저잣거리 골목으로 들어온 우강이 코를 벌름거렸다.

'카아! 맛있는 냄새가 나는구나. 홀로 음식을 즐기기에는 여기만 한 데가 없지…….'

우강은 음식점으로 들어갔다. 사람 냄새가 물씬 풍기는 소박한 분위기가 더없이 마음에 든 우강이었다.

그런 분위기에 걸맞게 푸근한 인상의 여인이 우강이 앉은 탁자로 다가왔다.

"어머! 어서 오세요. 그래 뭘 주문하시렵니까?"

"뭐, 이것저것, 손님들이 자주 찾는 음식을 좀 내주시오. 술과 함께."

"네 알겠습니다. 손님, 근데 합석을 하셔도 괜찮으신지……. 싫으시면 자릿세를 추가로 내셔야 합니다만……."

우강은 잠시 생각했다. 혼자 자작할지, 아닌지를 순간 고민하고 있었다.

'그래! 생판 모르는 사람과 이야기를 주고받다 보면 내가 모르는 정보도 들을 수 있을지도 몰라. 여긴 무림맹 근처니까 주머니 사정이 가벼운 무인들이 많이 드나들 것이야.'

"뭐, 합석도 좋을 것 같습니다."

잠시 후, 음식과 술이 나오고 우강은 술 한잔을 비우며 눈을 감았다.

이 가게에서만 맛볼 수 있는 특산 술이라 가격은 일반 술보다 비쌌지만 그윽한 향과 달짝지근한 맛이 일품이었다.

'술맛이 좋은데…….'

얼마 되지 않아 가게는 손님들도 넘쳐났다. 무기들을 휴대한 자들이 대부분이었다.

옆에서 무인들끼리 떠드는 소리가 자연스레 우강의 귀로 흘러들어왔다.

"이봐, 장천! 너무 많이 마시지는 말게……."

"알았어, 임강! 너나 술 취하지 말어! 잘못하다간 무림맹 문턱도 못 넘어보고 쫓겨날 수도 있으니……."

"조심할게. 근데 무림맹 무사들의 검문이 살벌하더라……."

"그럴 수밖에……. 수상한 자들이 난입하면 안 되니까

임시 초소까지 세워서 감시하는 거겠지…….”

또 다른 탁자에서는 자신의 이야기가 들려오자 우강은 심히 낯간지러웠다.

‘어거 참! 귀를 막을 수도 없고…….’

우강은 고개를 저으며 또 한 잔의 술을 들이켰다.

목울대가 쿨렁쿨렁하며 부드럽게 술이 넘어가자 우강이 안주를 집어 들었다.

바로 그때였다.

“하하, 술맛이 뛰어난가 봅니다. 저도 몹시 술이 동하는군요.”

우강이 머리를 들어 자신에게 말을 건 이를 쳐다보았다. 상인 차림의 중년의 모습이었다.

우강이 그에게 웃으며 말을 하려는 순간, 그의 눈에서 강렬한 안광이 쏟아져 나왔다.

마치 가느다란 쇠꼬챙이가 눈을 후벼 파는 기분이었다.

번쩍…….

찌르르…….

위기를 느낀 우강의 눈이 순간 저절로 감겼다가 원상태를 회복했다.

전에 마교의 교주로부터 눈이 타들어 갈 것 같은 살광을 느낀 이후로 우강이 놀란 건 이번이 두 번째였다.

다만 그 충격이 달랐을 뿐이었다.

하나는 용암처럼 뜨겁고 하나는 북풍한설처럼 차가웠다.

우강은 그의 정체를 파악하고 의미심장한 웃음을 지었다.

그 순간, 그의 뇌리에 우강의 말이 천둥처럼 울리기 시작했다. 어의전성인 심어였다.

—월령문의 문주 감치가 살수로 돌변하더니 그사이 살림살이가 많이 궁색해진 모양이구려…….

한 차례 몸을 휘청거린 그가 음파를 차단하는 기막을 펼치자 주변이 고요해졌다.

우강이 눈을 껌뻑이는 사이 그가 허리를 뒤로 젖히며 호기롭게 웃음을 터트렸다.

"하하하……. 장 어사도 이젠 제법 무인다워졌구려, 곧바로 나를 응징하다니……."

우강은 그가 인상변조술로 변용을 한 자신을 바로 알아맞히자 단순히 술을 마시러 이 가게에 들른 것이 아니라는 것을 직감했다.

그는 자신을 보러 온 것이었다.

"허 참! 나의 인상변조술은 제법 쓸 만한 것인데, 어떻게 날 안 거요?"

"장 어사는 날 무시하는 거요? 나 정도 되면 속을 투시하는 제 3의 눈이 자연스레 생기는 법 아니겠소!"

"그러는 장 어사는 날 어찌 바로 안 거요? 이래봬도 이건 비싸게 주고 구입한 인면피구인데……."

우강은 한마디 말로 설명하기 어려웠다.

"솔직히 잘 모르겠소. 공격을 받는 순간, 그냥 알게 되었소. 허허."

그러자 감치가 인상을 찌푸렸다.

"이런, 제길! 내가 당신을 따라잡으려 절치부심하는 사이 당신은 저만치 도망가고 있었군! 그래도 길고 짧은 것은 대봐야 직성이 풀리겠는데……."

우강이 그가 뜻하는 바를 바로 알아들었다.

"좋소. 이 자리를 잠시 비웁시다. 자릿세를 주면 되니까……."

둘은 가게를 나왔다. 순간 우강의 머릿속에 좋은 장소가 떠올랐다. 바로 부용산장이었다.

"갑시다……."

말없이 두 사람은 경공을 펼쳤다. 우강이 앞장서고, 그가 뒤따르는…….

두 사람의 놀라운 무위에 주위의 경물이 휙휙 지나갔다.

이윽고 두 사람은 폐허로 변해버린 부용산장의 연무장에 다다랐다.

장주가 도망친 이후, 사람들이 발길이 뚝 끊긴 것이었다.

감치가 주변을 이리저리 둘러보며 우강을 바라보았다.

"음. 여긴 사연이 있는 곳 같은데……."

"하하, 여기도 당신 같은 이가 살던 곳이오. 날 공격하려다 되치기를 당했소만……."

"그럼 마교……?"

우강이 고개를 끄떡이자 그가 너털웃음을 터트렸다.

"어쩐지, 건물들이 왠지 음산해 보이는 게 그럴 것 같았소. 자, 할 말은 나중에 하고, 한번 겨루어 봅시다."

우강은 그의 태도가 전에 대결할 때와 확연히 달라 의뭉스러웠지만, 일단은 그가 하자는 대로 따랐다.

두 사람은 거리를 벌려 상대방을 주시했다.

감치는 심검지경에 가까운 고수, 우강으로서도 마음을 놓을 수 없었다.

이때, 감치가 뻗어내는 기파에 피부가 따끔거렸다.

부랴부랴 우강은 호신강기를 운용하기 시작했다.

우강은 이 대목에서 놀라지 않을 수 없었다.

'음. 호신강기를 펼치지 않아도 금강불괴에 가깝다고 자부하는 내 몸인데…….'

우강은 이미 그의 공격이 시작되었음을 뒤늦게 알아챘다.

그가 무기를 꺼내 들 것이라 생각한 것이 착오를 일으킨 것이었다.

'이런, 그의 공격이 이미 시작되었는데, 그걸 모르고

있었다니……. 이래서 고정관념이 무섭다고 하는 거군…….'

우강은 집중하기 시작했다.

'그래, 그라면 나에게서 무형검을 고대할 거야. 검에 미친 자니까…….'

우강은 한 번도 행한 바 없는 검을 펼치기로 하고 자신의 마음을 검에 담기 시작했다.

생과 사를 도외시한 그에게 최고의 선물을 선사하기로 했다.

우강도 모험이었고, 그도 모험이었다.

무형검에 실패하면 역으로 그에게 당할 수도 있었고, 설사 성공하더라도 그의 생사를 장담할 수 없었다.

그래도 그라면 방법이 있을 것 같다고 우강은 생각했다.

'그가 나에게 분명히 나중에 이야기하자고 했어! 설마 귀신이 되어서 대화하자는 것은 아니겠고…….'

그리고 우강의 눈이 별빛처럼 빛나는 순간이었다.

퍼억.

그가 가슴을 부여잡으며, 무릎을 꿇었다.

순식간에 우강이 심즉살의 경지로 무형검을 펼친 것이었다.

우강은 잠깐 허무한 기분을 느꼈다. 촌각의 순간에 그의 기가 빠져나갔을 때였다.

우강은 그 느낌에 고개를 갸웃거렸다.

뭔가 새로운 깨달음 같기도 하고 이미 무의식적으로는 알고 있는 것 같기도 했다.

우강은 자신의 느낌에서 빠져나와 천천히 그를 바라보았다.

'분명, 그는 죽지 않았어……. 뭔지 모르지만 마지막 순간에 벽에 막힌 기분이 들었거든…….'

우강이 그를 바라보는 순간, 그는 무릎을 펴고 다시 일어서고 있었다.

얼굴은 파리했고 손에 핏물을 움켜잡고 있었지만 눈빛은 형형했다.

"하하. 장 어사는 역시 해낼 줄 알았지……. 그래도 좀 억울한데, 내 방패검이 깨져버렸어……."

우강은 즉시 반문했다.

"방패검?"

"하하, 내가 무형검을 추구하다 얻은 부산물일세. 마음에서 칼을 갈고 키우고 있었는데, 이게 점점 방패로 변해 가더군. 내가 지닌 내공의 한계라고 직감했지. 깨달음이 내공을 초월했지만 그래도 내공이 마지막 순간에 내 발목을 잡은 거지……."

"……."

"결국 마기 때문에 무형검에 살기를 머금을 수가 없었던 거야, 그 순간 주화입마에 머리가 터져버릴 테니 말이야. 난, 그 이후 식음을 전폐하다시피 고민하다 마교를 포기했네. 월령문의 검귀들에게도 둘 중의 하나를 선택하라고 강요했지."

"……."

"나를 따를 것이냐? 아니면 나와 싸워 죽을 것이냐! 라고……. 그랬더니 방패검을 보여 달라고 하더군, 그들을 공격을 막으면 나를 계속 추종하겠다고 말이야. 그래서 깨끗이 그들을 패퇴시켰지. 그리고 마교를 완전히 버렸어……."

"……."

"우리는 모두 천축으로 가기로 했지. 마교의 내공을 버리고 대뢰음사나 소뢰음사의 내공을 찾아 다시 익히기로 말이야. 이게 모두 자네 때문이야! 그간 자네의 뒷조사를 해보니 자네의 내공이 천축에서 온 거라 결론지었거든……."

"……."

"천축으로 가던 길에 무림맹에 들른 거야. 혹 자네를 볼 수 있을지 모른다고 생각이 들더라고……. 운 좋게 자네를 발견한 순간, 내 마음의 방패검이 흔들거리더라고……. 그래서 자네가 무형검을 터득한 거로 확신했지. 그러니 시험해봐야 하지 않겠나……."

우강은 고개를 끄떡이며 순식간에 하나의 생각이 떠올랐다.

'그래, 월령문을 나의 우군으로 만드는 거야. 그들에게 내가 내공을 가르쳐주면 되니까.'

"저, 문주님. 저하고 계약 하나 하시지 않으렵니까?"

"뭔가……?"

싸움은 우강이 이겼는데, 그는 하대하고 우강은 도리어 높임말을 쓰고 있었다.

하지만 두 사람은 그 부분을 자각하지 못했다.

"제가 내공을 알려드릴 수 있는데, 대신 당분간 저를 도와주는 것은 어떻습니까?"

우강은 유가밀공을 좀 변형해서 알려주기로 했다. 딱 그들이 필요로 하는 것만…….

우강은 무도에 빠져서 세상사에 별반 관심 없는 감치에게 현 무림의 상황을 설명하기 시작했다.

그러자 그의 얼굴이 점점 빛나기 시작했다.

"하하하. 이거 재미있겠는데. 그래도 공짜는 곤란하지. 왜냐면 그들과 대적하려면 버리려는 우리의 내공을 계속 써야 하거든. 안 그런가! 바뀐 내공으로 그들과 대적할 수는 없지 않은가. 내공에서 확연히 밀릴 테니……."

"……."

"그러면 세월이 갈 것이고, 우리는 늙지……. 그러니 그들과 싸우는 동안의 세월을 보상해 해주어야겠어. 쉽게 말하지. 영약을 달란 말이오! 우리의 수명을 연장할 수 있도록……."

우강은 100여 명에 달하는 검귀들에게 영약을 조달하려 하니 배가 아팠다.

검에 미친 자로만 생각했는데 그 생각을 수정해야 했다. 의외로 고단수였기 때문이었다.

미간을 좁히며 다른 방법이 없느냐를 생각하는 순간, 번뜩 스쳐 지나가는 영감이 떠올랐다.

'하하하. 그게 있었군, 바로 부적술……! 유가밀공을 익히게 하고, 부족한 내공은 부적술로 채우면 되지. 나와 용성이가 좀 고생하겠지만 그래도 그게 어디야. 어디서 일당백의 무인들을 구할 수 있겠냐고! 돈도 아끼고 말이야. 아니지, 뭐 몸에 좋은 것 몇 가지 정도야 정교량, 정무량이 만든 것들이 있으니 줘도 되겠구나.'

우강의 본인의 생각을 망설임 없이 그에게 설명했다.

그러자 그는 환호했고 당장 빨리하자고 난리였다.

우강이 그런 그를 제지하며 말을 이었다.

"잠깐만요. 감치 문주님. 제가 좀 할 일이 있답니다. 무림맹 주변을 얼쩡거리는 수상한 자들을 찾아야 한다고요. 그러니 당장은 곤란합니다."

그러자 감치가 고개를 갸웃거리며 그 자신의 머리 옆에

서 집게손가락을 빙빙 돌렸다.

우강은 그 신호를 보고 기분이 나빠지기 시작했다.

"아니, 제가 돌았단 말입니까?"

그러자 그가 짓궂은 미소를 지으며 고개를 끄덕였다.

그리곤 손가락으로 자신의 머리를 몇 번 툭툭 쳤다.

'뭐야, 나더러 머리를 쓰라는 것인가? 아니 갑자기 왜 저래 말로 하면 될 것을……. 가만…….'

우강은 감치가 시사하는 바가 무형검과 관련이 있음을 알고, 고민하기 시작했다.

'보자! 무형검으로 뭘 할 수 있다는 거지…….'

뭔가 잡힐 듯, 말 듯 생각이 떠오르다 사라졌다.

우강은 감치가 생각하는 것을 자신이 모를 리 없다는 생각이 들자 순간 오기가 치밀었다.

'잘 생각해보자. 감치는 자연스레 생각하는데 내가 모른다는 것은 그의 입장에서는 당연한 수순인데, 나는 그리 생각 못 한다는 뜻이 아닐까! 그렇다면 만약에 감치라면 어찌했을까…….'

우강은 집중적으로 그 부분을 파고들기 시작했다. 생각에 생각을 거듭했다.

'뭐지……. 뭘까……?'

수많은 생각이 떠올랐다 명멸해갔다.

급기야는 우강은 머리카락을 부여잡고 마구 헤집었다.

저러다가는 머리카락이 하나둘 뽑혀나가 머리가 듬성듬성해질 것 같았다.

바로 그때였다.

정수리를 관통하며 온몸을 짜릿하게 하는 쾌감이 밀려들기 시작했다.

'옳거니! 마음의 칼을 수상한 자에게 꺼내 보이면 되겠구나. 하수들이야 그런 것이 뭔지도 알지 못하겠지만 경지에 오른 고수라면 위기감을 느끼고 곧바로 반응할 것이야! 거리가 좀 떨어져도 문제없고…….'

역시 감치는 앞뒤 가리지 않고 효율을 중시하는 마교 출신다웠다.

죄 없는 엉뚱한 사람을 기겁하게 할 수도 있어 평소의 우강이라면 생각조차 못 하는 수였다.

우강은 헝클어진 머리를 다듬으며, 그를 바라보았다.

"감 문주님 말씀은, 마음의 검으로 겁을 주라는 말씀이네요."

그러자 그가 고개를 끄덕였다. 그러면서 목소리를 높였다.

"장 어사! 당신이 부족한 것이 바로 그 부분이요! 마교 같은 무리와 상대하려면 독심을 더 키워야 할 것이요. 당신의 이야기를 들어보니 빙백문이나 귀곡문의 떨거지들은 마교도보다 더한 독종들이요."

"……."

"자, 내가 방법을 알려주었으니 얼른 같이 사냥하러 갑시다. 내가 수상쩍다고 보는 자들에게 마음의 칼로 위협해 보시오. 우리 두 사람이 합작하면 금세 끝날 것이오. 특히나 마교도라면 금세 본색을 드러낼 거요. 감추었던 마기를 안 쓸 수 없을 것이니."

우강은 고개를 숙였다.

"감사합니다. 문주님. 도와주셔서……."

그가 손사래를 치며 되물었다.

"근데 이거 왜 무림맹 모르게 하는 거요? 하려면 무림맹에다 큰소리를 친 후에 해야 나중에 얻을 게 많을 텐데……."

"그건 그럴 수도 있는데, 그들이 부탁한 거가 아니라서요. 제가 해놓고 그들에게 큰소리치는 게 낫지 않겠습니까?"

그러자 그가 껄껄 웃었다.

"하하하. 이건 누구의 생각이오? 설마 장 어사, 당신의 생각이라 우기지는 않겠지?"

우강은 얼굴이 벌게지며 손을 흔들었다.

"아닙니다. 순전히 제 생각입니다."

"이보시오, 장 어사, 내가 본 장 어사는 대놓고 자랑하며 떠들고 다닐 인물은 아니오. 내가 저잣거리를 돌아다니며

들은 이야기도 바로 그런 것이었소! 장 어사는 겸손하고 스스로 공치사하지 않는다고 하던데 뭘! 컬컬."

"……."

"뭐, 그러니 사람들이 당신을 더 칭송하는지 모르겠소. 다만 아까 독심을 가지라는 부분은 무림맹이나 사도련 같이 당신이 우군이라 생각하는 집단에도 마찬가지로 적용되오. 마교가 왜 그들에게 적대적이겠소?"

"……."

"다 그들에게 당한 응어리가 남아서가 아니겠소! 물론 마교가 잘못한 부분이 많다는 것은 나도 인정하지만 그들도 어두움을 많이 숨기고 있는 집단이오. 해서, 그들을 제대로 휘어잡으려면 항상 나를 곁에 두고 의견을 구하시오, 하하."

우강은 인정하지 않을 수 없었다. 곽현도가 전해준 말과도 일맥상통한 부분이 많았다.

"잘 알겠습니다. 문주님. 좋은 말씀 감사합니다."

감치가 흐뭇한 표정으로 손을 흔들었다.

"아니오. 하여튼 우리 잘 해봅시다. 자, 그럼. 오늘은 술이나 한잔하고 내일부터 숨은 고수를 때려잡는 것부터 합시다. 그렇다고 그들을 모조리 죽이자는 것은 아니오. 그건 상황을 봐 가며 결정합시다."

"여부가 있겠습니까! 그리하시지요. 하면, 내일 어디부터 갈까요?"

그가 고개를 흔들었다.

"내 생각에는 그것보다는 상인들을 집중적으로 살펴보는 게 좋겠소. 내가 상인으로 위장한 것처럼 제일 쉽게 신분을 감출 수 있는 게 장사치들이니……."

"저기, 혹 마교의 인물들은 쉽게 알 수 있지 않겠습니까?"

"사실 그리 아는 얼굴이 많지 않소. 나야 쭉 마교 본산이 아닌 외부에 있었으니까……."

다음 날 점심 무렵, 두 사람은 무림맹이 생기며 번화하게 된 거리를 사이좋게 누비고 다녔다.

지난밤을 하얗게 불태운 두 사람은 지금껏 상이한 환경과 배경에 대한 간극을 좁히며 훨씬 가까운 사이가 되어 있었다.

감치가 우강을 보며 손을 가리켰다.

"장 어사, 저쪽으로 가지. 고급 옷을 입은 상인들이 많이 드나드는군……."

우강이 고개를 돌리니 화려한 3층 객잔이 10장 밖에서 웅장한 모습을 드러내고 있었다.

"하! 감 문주님. 저 객잔은 지난번 무림맹에 들렀을 때 없었던 곳인데 그사이 새로 지은 모양입니다."

"허! 그런가, 아무튼 들어가자고! 우리는 해장도 해야 하지 않겠나."

"네, 들어가시지요."

한데, 들어가자마자 상인 두 사람이 서로 손가락질하며 싸우고 있었다.

무슨 일인가 우강이 귀를 기울여봤다.

우강이 보기에 별것 아닌 것 같은 일로 다투고 있었는데, 그들의 표정이 험악했다.

그래도 음식점에서 고성이 오가는 것은 다른 손님들에 민폐를 끼치는 일이라, 참지 못한 우강이 그들 사이로 걸어갔다.

"이보시오, 당신들이 여길 전세 내었소! 싸우려면 밖에 나가서 싸우시오!"

화려한 비단옷을 입은 두 사람이 다툼을 중지하고 우강을 위아래로 쳐다보았다.

우강은 발끈했지만 잠시 더 지켜보기로 했다.

잠시 후, 그들 중에 몸집이 통통하며 피부가 번들번들한 자가 입을 열었다.

"댁은 뉘시오? 우리가 초대한 사람은 아닌가 본데……."

우강은 의아한 눈초리를 그에게 보냈다.

"초대한 사람이라니! 설마 여기를 통째로 예약한 거요?"

그러자 그의 살집 두툼한 턱이 부들부들 떨리기 시작했다.

"하하하. 댁 말처럼, 우리가 오늘 여기를 전세 내었소이다. 그러니 상관없는 댁께서 여기를 나가 주셔야겠소이다."

우강은 낭패한 표정으로 감치를 바라보았다.

그러자 감치는 고개를 저으며 먼저 음식점 밖으로 발걸음을 옮기기 시작했다.

우강도 그를 따라 음식점을 나가려는 순간이었다.

한데 익히 아는 얼굴이 음식점으로 들어오자 우강은 반색했다.

'하하! 헛된 발걸음이 아닌가 보군. 여기서 그를 만나다니…….'

걸음걸이가 정상인 것으로 보아 다친 다리는 깨끗이 나은 모양이었다.

그는 호용상단의 대행수 곽필용이었다.

우강이 그를 보며 손을 흔들자 그는 의아한 표정으로 우강을 바라보았다.

아무리 살펴도 본 적이 없는 얼굴이었다.

진정한 상인은 '잠깐 스쳐 지나간 사람도 절대 가벼이 보면 안 된다.'는 것을 금과옥조로 삼는 그였기에 순간의 당혹감은 굉장했다.

그래도 물어봐서 이 상황을 빨리 해소해야 했다.

"혹, 나를 아시오?"

우강은 순간 자신이 인상변조술을 하고 있음을 뒤늦게 깨달았다.

'아차차, 그가 날 못 알아보는구나…….'

우강은 주변을 두리번거리며 그에게 전음으로 자신의 의사를 전달하기 시작했다.

—곽필용 대행수님! 놀라지 마세요. 이건 전음이라 하는 겁니다.

'헉…….'

그가 놀라, 고개를 뒤로 젖히자 우강은 지난번 해적선을 소탕하고 그와 선단을 구해준 일을 재빨리 말해주었다.

—자, 그러니 안심하십시오, 제가 일이 있어 얼굴을 변용했습니다. 하하.

곽필용이 자신의 가슴에 손을 얹혔다.

'휴, 다행이다. 나이가 들어 기억이 깜빡깜빡 하는 줄 알았네…….'

곽필용은 주변의 시선을 의식하고 그의 팔을 끌며 작은 소리로 말했다.

"어사님! 잠시 나가서 이야기하시지요. 보는 눈이 많으니……."

우강은 그의 팔에 이끌려 음식점 밖으로 나왔다.

밖에서 우강을 기다리던 감치가 우강이 방금 들어간 상인과 같이 나오자 팔짱을 끼며 흐릿한 미소를 지었다.

곽필용이 입을 열려다 감치를 보며 멈칫했다. 벌렸던 입이 조개처럼 순식간에 닫혔다.

그러자 그 즉시 우강이 손을 흔들었다.

“헤헤. 괜찮습니다. 곽 대행수님! 저의 일행분이십니다.”

“하하. 그러시군요. 장 어사님!”

우강은 그가 자신의 진정한 신분을 알고 있자 순간 입을 벌리며 멈칫거렸다.

지난번 그에게는 분명히 무림맹 소속의 장류기라고 말했던 터라 당황한 거였다.

그러자 곽필용은 우강의 표정을 즐기며 조용히 웃었다.

웃음을 멈춘 그가 곧바로 조곤조곤 말하기 시작했다.

“음. 어사님! 나중에 알고 보니, 무림맹에 제 1별동대라는 게 없더군요. 어사님 덕에 저와 여몽 대행수가 상단주님께 한참 놀림을 받았습니다. 그리고 그 벌로 5일 동안 무림 주요조직과 인물에 대해 쉼 없이 공부를 해야 했고요. 머리에 쥐가 나서 죽는 줄 알았습니다. 하하.”

우강은 괜히 미안해졌다.

“아! 이거. 죄송합니다. 그때는 그런 사정이 좀 있어서 말입니다. 한데 날 어찌 안 것입니까?”

"그야 용모파기를 보고 알았지요."

우강은 당연한 걸 물어왔다는 생각이 들자 좀 무안했다.

자신의 용모파기가 중원 천 리에 퍼져 있음을 깜빡해서 벌어진 일이었다.

그때 그가 다시 입을 열었다.

"그런데 음식점에는 어인 일이신지요? 저는 오늘 상단의 회합이 있어 부지런히 달려오는 길입니다만……."

우강은 그의 말을 듣고 순간 궁금증이 치밀어 올랐다.

그렇다고 그를 닦달할 수는 없는 거여서, 말해주면 좋고 안 말해주면 그만이라는 식으로 그에게 물었다.

"음. 저희는 그냥 점심을 들러 왔다가 음식점을 오늘 통째로 전세 냈다는 이야기를 듣고 다시 나가는 길이었습니다만, 그래, 무슨 일로 회합하는 건가요?"

곽필용은 잠시 고민하는 듯하다가 고개를 끄떡였다.

혹, 우강이 사실을 알게 되면 관으로부터 불필요한 간섭을 받지 않을까 하는 우려보다 은혜를 갚아야만 한다는 생각이 계속해서 머리를 뒤흔든 거였다.

"아! 어사님께는 특별히 말씀드리지요. 다름이 아니고, 상단연합을 논의하려고요. 몇몇 거대상단의 상단주 분들이 서로 교감한 일인데, 마침 무림맹에서 저희 상인들에게 초청장을 보내왔기에 겸사겸사 이야기나 주고받으려고요."

우강은 눈을 동그랗게 뜨고 되물었다.

"상단연합요?"

곽필용이 고개를 끄떡였다.

"네. 무림맹처럼 저희도 저희를 대변할 수 있는 하나의 단체를 만들면 좋겠다는 취지이지요. 아직 갈 길이 먼일입니다만……."

"그럼 자격조건이 있습니까?"

"아닙니다. 원하는 상단은 규모와 관계없이 다 회원으로 받아들일 생각입니다."

우강은 불현듯 좋은 생각이 떠올랐다.

오늘 모임에 참석하지 않고 상인 차림으로 주변을 어슬렁거리는 자를 집중적으로 감시하기로 한 거였다.

그렇지만 우강은 상인연합의 모임을 상부에 보고할 생각은 전혀 갖지 않았다.

'그래, 상인으로 위장한 자 중에 오늘 모임에 참석할 자들은 극소수일 거야! 그들이 목표로 하는 것은 딴 데 있을 테니…….'

"하하하. 그렇군요. 그럼 바쁘실 텐데 들어가 보시지요. 제가 일간 밥 한 끼 사겠습니다."

"네. 어사님. 고대하고 있겠습니다."

곽필용이 음식점 안으로 사라지자마자 우강은 본인의 생각을 감치에게 전했다.

그러자 감치도 곧바로 그의 생각을 여과 없이 우강에게 전했다.

"음, 상인 복장을 한 자를 만나면 '오늘 회합에 안 가냐?' 고 물어보도록 하지. 그런 다음 그들의 반응을 살펴보면 답이 나오지 않을까 싶네. 이 방법이 좋은 것은 무형검에 반응하지 않는 중, 하류 급의 무인들도 솎아낼 수 있다는 점일세."

우강이 엄지를 치켜들었다.

"감 문주님. 그거 좋은 생각이십니다."

우강과 감치는 정말로 허기가 졌기에 곧 다른 음식점으로 가서 자리를 잡았다.

그곳은 그저 흔히 볼 수 있는 평범한 음식점이었지만 내부 분위기는 안휘성의 여느 음식점과는 확연히 달랐다.

특히나 매우 고추 향기가 음식점 안에 넘쳐흘렀다.

'와! 안휘에 이런 데가 있었나? 사천요리라니……. 마파두부를 시켜야겠다.'

우강의 입속에 절로 침이 고이기 시작했다.

우강은 감치의 의견을 물어 마파두부 2인분을 주문하고 그들은 내부를 돌아보았다.

무인들과 상인 그리고 일반인들이 골고루 혼재된 가운데, 구석진 곳에서 하는 식사하는 두 사람에게 특별히 눈이 갔다.

'음, 저자들이 좀 수상한데. 음식을 전혀 즐기고 있지 않아! 그렇다고 배고파서 허겁지겁 먹는 것도 아니고 그냥 묵묵히 먹고만 있잖아…….'

우강은 감치의 눈을 쳐다보았다.

곧바로 의견일치를 본 두 사람은 우강이 먼저 나서서 그들에게 다가갔다.

인기척에 그들은 음식을 들다 말고 웃으며 다가오는 우강을 물끄러미 바라보았다.

그러자 그들 앞에 선 우강이 말을 걸었다.

"이보시오! 어디서 온 상인들이시오? 사천 음식을 들고 있는 것을 보니 사천에서 왔나 봅니다."

그들 중 우강에 가까이 있는 자가 말을 받았다.

"그렇습니다만, 저희에게 하교할 말씀이라도……?"

정중한 듯하지만 어딘가 어색한 사천지방의 말투였다.

우강은 눈빛을 빛내며 그들의 허를 찔렀다.

"허어, 두 사람은 이야기도 듣지 않은 모양이요! 지금 상인들 모두 황산제일객잔으로 몰려갔소이다. 상인연합모임이 있어서 말이오!"

그러자 그가 자신의 머리를 쳤다.

"아차차 깜빡했습니다. 저희 두 사람이 지난밤 넋 놓고 술을 마셨더니……. 정말 고맙습니다. 일깨워주셔서."

그는 말이 끝남과 동시에 일어섰다.

그와 맞은편에 있는 자도 마찬가지였다.

그들이 급히 자리를 뜨자 우강과 감치가 그를 뒤따라갔다.

음식점을 나선 그들이 우강과 감치가 한참을 따라오자 사납게 고개를 틀었다.

우강과 말을 섞은 자가 이번에는 퉁명스럽게 말을 뱉었다.

“또 우리에게 볼일이 있소이까?”

우강은 고개를 끄떡였다.

“그렇소, 당신들을 조사 좀 해야겠소. 사실 상인연합은 황산제일객잔에서 열리지 않소이다. 순수하게 조사에 응하면 정상을 참작할 것이고, 아니면 각오해야 할 거요.”

그 말이 채 끝나기도 전에 그들은 허리춤에서 단검을 빼들고 우강과 감치를 빠르게 기습 공격했다.

쉬이익.

우강은 고개를 젖혀 공격을 피했고, 감치는 여유롭게 뒤로 물러나 검을 피했다.

그러자 그들은 어느새 장갑을 끼고서는 호주머니에서 시커먼 독 모래를 한 움큼 꺼내 들었다.

그리고 조금도 망설임 없이 독 모래를 우강과 감치를 향해 집어던지고는 곧바로 줄행랑을 치기 시작했다.

그 순간 감치가 우강을 보며 다급하게 소릴 질렀다.

"저건 독 모래요. 마교의 지독한 독이니 조심하시오!"

그의 말이 끝남과 동시에 독 모래는 공중에서 아래로 비산하며 그들을 추적하려는 우강과 감치의 앞길을 가로막았다.

두 사람은 그 즉시 검막으로 독 모래를 튕겨내고 시야에서 사라지려는 그들에게 일 검을 선사했다.

공교롭게도 두 사람 모두 길쭉한 검기를 뻗어 그들의 다리를 찔렀다.

최소한의 상처로 그들을 붙잡아 그들의 신분과 내력을 캐려는 의도였다.

"캐애액……."

"윽……."

상인으로 위장하고 도망가던 두 사람은 온몸을 부르르 몸을 떨더니 그 자리에서 쓰러졌다.

하나, 우강과 감치가 다가가자 이미 시체로 화해 사지를 축 늘어뜨리고 있었다.

감치가 고개를 절레절레 저으며 말했다.

"허! 이런, 지독한 놈들! 독단을 깨물고 죽어버렸구먼……."

우강은 전에 이와 비슷한 자들이 본 적이 있기에 곧바로 그의 말에 수긍했다.

"이자들은 살수들이군요. 어디 소속일까요?"

그러자 감치가 그들의 몸을 뒤지기 시작했다.

잠시 후, 그가 고개를 가로저었다.

"제길, 아무것도 없군. 그저 날카로운 단검과 독이 침투하지 못하게 처리한 이 특수 장갑뿐이네……."

우강은 곰곰이 생각해봤다. 살수들이 왜 상인으로 위장해 무림맹 주변에 어슬렁거리는지…….

'음. 무림맹의 무사들을 공격하려는 걸까? 아니야 그건 아니야, 그럼 뭐지? 무림대회나 무림학관에 도전하려는 자들을 공격하려고…….'

우강은 다시 고개를 흔들었다.

'그런 일이 일어났다면 이미 무림맹이 난리가 났겠지……. 살인사건이 일어난 건데…….'

생각에 잠긴 우강을 물끄러미 바라보던 감치가 입을 열었다.

"이봐, 장 어사. 이들은 어디 소속인지 모르지만, 마교의 독 모래를 사용한 거로 보아 필시 마교와 관련 있는 자들이야. 그들의 의도를 모를 때는 수상한 자들을 다 때려잡는 게 상책 아니겠나!"

우강은 그의 의도를 한번 더 확인했다. 서로 손발이 맞아야 했기 때문이었다.

"그러니까, 이모저모 따지지 말고 빠르게 확인해보자 그 말씀이지요?"

"그렇다네. 좀 거친 방법이겠지만 우리 이 두 눈으로 살수들이 잠입한 걸 똑똑히 보았지 않았나! 그들이 무슨 흉계를 꾸미는지 모르니까 빨리 조처해야 하네!"

우강은 곧바로 고개를 끄떡였다.

우강은 지독스러운 살수들이 무슨 짓을 할지 몰라 몸과 마음이 확 달아오른 상태였다.

"알겠습니다. 저도 같은 생각입니다."

"자, 그러면 시간 낭비하지 말고 수상한 자를 보는 즉시 검으로 그들의 상의를 베어보게. 판단은 내가 할 테니……."

우강은 그가 너무 자신만만한 것 같아 제동을 걸려다 그만두었다.

'그래, 그와 불필요하게 다툴 필요가 뭐 있나. 나도 내 나름대로 판단하면 그만인 것을…….'

"네. 그러지요. 한데, 그들이 뭔가 일을 벌이려는 것 같은데, 도무지 속셈을 모르겠군요……."

그도 고개를 저었다.

"뭐, 차차 알게 되겠지. 일단은 빨리 가세나! 여기 시신들은 무림맹 무사들이 치울 테니 신경 쓰지 말고."

두 사람은 서둘러 자리를 떴다.

다시 사람이 붐비는 저잣거리로 돌아오니 여전히 많

은 인파가 북적거렸다. 상인 복장을 한 이들도 꽤 있었고…….

두 사람의 눈이 날카롭게 주변으로 돌아갔다.

잠시 후, 감치가 손을 들어 가리켰다.

"저기 셋……."

우강의 눈이 곧바로 돌아갔고, 그의 눈이 형형히 빛나기 시작했다.

그도 세 사람이 수상하게 보인 거였다.

우강은 곧장 그들에게 검지를 흔들었다.

무공을 모르는 이가 봤다면 그저 검지를 흔드는 것으로 비치겠지만 이는 엄연히 검이었다.

우강이 십맥신검이라 이름 지은…….

'헉……!'

그들 셋은 의복이 찢겨 나가고 바람에 상의가 나풀대자 순간 대경 질색했다.

그러자 감치는 한 치의 망설임 없이 그들을 심령금제로 옥죄었다.

—꼼짝 말고 내 말에 복명하라!

심령금제에 걸린 그들은 공포에 저린 얼굴로 부들부들 떨기 시작했다.

우강과 감치는 그들을 인적이 후미진 뒷골목으로 데려갔다.

혹시나 몰라 그들의 입을 벌려 독단을 제거한 감치가 예의 심령금제 수법으로 그들의 정체를 밝히려 했다.

—누구냐, 정체를 밝혀라!

그러자 안색이 샛노랗게 변한 자가 부들부들 떨리는 입을 가까스로 열었다.

"저는 살문의 1급 살수……. 크아악……."

갑자기 그가 두 눈을 허옇게 까뒤집더니 비명을 내질렀다.

연이어 경련을 일으키더니 칠공에서 피를 흘리며 죽어버렸다.

쓰러지는 그를 붙잡아 상태를 확인한 감치가 신경질적으로 말을 내뱉었다.

"이런 제길! 죽어버리다니……."

그리고는 곧바로 다른 두 사람에게도 똑같은 일을 재차 반복했다. 하지만 결과는 똑같았다.

우강은 지켜보고 있었지만 감치의 비정한 손속에 혀를 내두를 수밖에 없었다.

자신이라면 차마 그러지 못할 것 같은 생각이 들었지만 곧바로 고개를 내저었다.

'아니야, 저 방법밖에는 없어! 저들이 침투한 목적을 알아내야 한다고!'

감치가 고개를 저으며 놀란 표정을 지었다.

“이놈들, 천마의 심령금제 수법에 걸린 것이 틀림없소! 내 심령금제술보다 상위인 것은 그것밖에 없으니까 말이오!”

그러자 우강의 머릿속에는 한 인물이 떠오르며 저도 모르게 침음성을 흘렸다.

‘으음, 전 마교 교주 임도겸이 출현했다는 말인가…….’

우강의 심장 두근거림이 점점 빨라지기 시작했다.

“감 문주님, 임도겸의 짓인가 봅니다. 무언가 큰일을 획책하는 것 같은데 수상한 자들을 빨리 처리해야겠습니다. 보이는 족족! 말입니다.”

감치도 우강의 말에 동감했다.

“맞소. 마교에서 쫓겨난 놈이 직접 개입했으니, 이는 필시 무림맹을 발칵 뒤집어놓으려 심산일 거요.”

그들은 곧바로 주변을 휩쓸고 다니며 살수들을 골라내기 시작했다.

이제는 우강의 마음속에 티끌만큼의 측은지심도 남지 않았다.

하나, 둘, 셋, 넷……. 그들에게 정체가 들킨 살수들이 물경 백을 넘어섰다.

뒤늦게 주위의 신고를 받은 무림맹 무사들이 우왕좌왕하며 죽은 살수들을 조사할 무렵에, 감치와 우강은 상인연합

모임이 한창 열리고 있는 객잔과 마주 서 있었다.

우강이 잠시 흐르는 땀을 닦는 사이 감치가 입을 열었다.

“이봐, 장 어사! 우리는 하는 데까지는 한 거네. 마지막으로 저곳만 조사하기로 하지. 우리 눈을 벗어난 살수들이 있다면 이는 전적으로 무림맹의 무능 탓이네.”

우강은 묵묵히 고개를 끄덕였다. 달리 할 말이 없었다.

무림맹을 어떤 핑계로도 두둔하기에는 잠입한 살수들이 너무 많았다.

“감 문주님. 살수들이 상인들의 모임까지 참석했을까요?”

그러자 감치가 되물었다.

“장 어사, 당신의 생각은?”

우강은 되묻는 그의 모습에서 확신을 읽었다.

“저는 가능성이 크다고 봅니다. 우리가 찾아낸 살수들이 중원 3대 살수조직에 적을 둔 자들이라, 그들 조직에는 상인들의 날카로운 이목을 우습게 보는 자가 분명히 있을 겁니다.”

그러자 곧바로 그는 머리를 빠르게 끄떡였다.

“나도 마찬가지 생각이네. 그들의 잠입 목적은 못 밝혔지만 어쨌든 중원3대 살수조직이 임도겸의 손아귀에 떨어진 것은 확실하군. 암검향, 살문, 도화문이 말일세…….”

우강은 심각한 표정으로 고개를 주억거렸다.

'살수 단체들이 앞으로 어떤 짓을 벌일지 모르겠구나…….'

우강은 상념을 급히 접고 그를 쳐다보며 말했다.

"감 문주님, 잠시만 시간을 주시지요. 저기에 들어갈 명분을 좀 생각해야 하니……."

그러자 감치가 단호하게 고개를 흔들었다.

"이봐, 장 어사! 내가 누누이 얘기하지 않았나! 독심을 가지라고. 그리 자신 없이 말하지 말고 당당히 들어가세나! 자네 그 높은 관직은 그저 장식품인가!"

우강은 호용상단 곽필용의 면을 봐서 주춤했지만 감치의 일갈에 정신이 번쩍 들었다.

"아. 네네! 들어가시지요."

두 사람은 잠시 작전을 숙고했다.

일반 상인들이 다치지 않게 미리 방법을 생각해 두려는 거였다.

"장 어사. 방법은 심즉살의 무형검을 쓰는 것밖에 없네! 그들이 상인들 틈에 숨어 있다면 따로 솎아내기 쉽지 않아!"

"알겠습니다만 문주님은 어떻게?"

"이봐, 방패검도 검일세. 검이 아니라면 그냥 방패라고 했을 것이네. 천외천 정도의 고수가 아니라면 문제없을 것이야……."

감치가 자신감을 내비치자 우강은 적이 안심되었다.

우강은 최근에 좀처럼 쓰지 않던 어사 마패를 손에 들고 당당히 음식점 안으로 들어갔다.

인상변조술을 풀고 원래의 얼굴로 되돌아간 그의 모습에서 범접할 수 없는 위엄이 넘쳐흘렀다.

우강은 음식점을 안을 들어서자마자 마패를 들고 크게 외쳤다.

"나, 어사 장우강이다. 모두 입 다물고 꼼짝 마라!"

순간 부산스럽던 음식점 안이 순식간에 정적이 감돌기 시작했다.

"모두 손 올려! 안 그러면 이렇게……."

우강이 손에 쥐고 있던 단단한 바윗돌을 가루로 만들었다.

우강의 손아귀에서 바위 조각이 부스스 흘러내리자 상인들은 놀라 손을 번쩍 치켜들었다.

그들의 눈에서 당혹감과 함께 강한 의혹이 넘실대었지만 차마 입을 열 용기는 엄두도 내지 못했다.

그만큼 우강의 목소리에는 만인을 제압하는 강한 힘이 깃들어 있었기 때문이었다.

우강은 손을 들지 않는 자가 있는지 하나하나 살펴봤다.

옆에서 말없이 지켜보던 감치도 마찬가지였다.

눈을 형형하게 빛내고 있는 우강이 전음으로 감치에게

말했다.

—아직은 움직임이 없군요.

—그렇군. 그럼 다음 단계로 넘어가지.

—네, 그럼. 시작합니다.

우강은 좌중을 날카롭게 돌아보며 입을 열었다.

"자, 앞에서부터 내가 지목하면 걸어 나오시오. 그다음 내 옆을 지나 문 밖에서 대기하면 끝이요! 만약에 도망가면 그때는 알아서 판단하시오."

우강의 위협적인 말에 상인들은 바짝 얼어붙었다.

이때 우강이 맨 앞의 자를 지목하자 그는 얼굴이 사색이 되어 손을 든 채로 움직이기 시작했다.

그는 우강의 강렬한 눈빛을 피해 눈을 내리깔고 주춤주춤 걸어왔다.

"더 빨리!"

우강이 입을 연 순간, 상인들 중간에서 동시다발적으로 움직임이 일어나기 시작했다.

발을 치켜들려는 자가 있었고 손을 급히 내리려는 자도 있었다.

또 어떤 자는 자신의 몸통으로 상인을 밀어 넘어뜨리는 자도 있었고, 마지막으로 입속에 숨겨둔 암수를 쓰기 위해 입을 벌리는 자들이 있었다.

우강과 감치는 그들의 움직임을 단번에 감지했다.

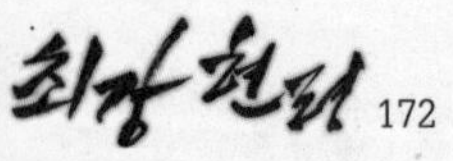

두 사람 중 감치는 앞에서부터 우강은 뒤에서부터 재빨리 무형검을 출수했다.

공간을 격하며, 마음의 검이 일순 뻗어 나왔다가, 홀연히 자취를 감추었다.

우강과 감치가 살심을 가지는 순간 그걸로 끝이었다. 그들은 더는 움직이지 못했다.

"윽, 윽, 윽……."

살수들은 짧은 비명과 함께 모두 가슴을 부여잡으며 쓰러졌다.

영문도 모른 채 죽어가는 그들의 얼굴에서 황당함이 잔뜩 묻어 있었다.

쿵. 쿵. 쿵.

상인들은 그들 중 4명이 갑자기 피를 흘리며 죽어버리자 엄청난 공포에 휩싸였다.

자신들을 가슴을 만지며 사시나무 떨듯 몸을 부들부들 떨기 시작했다.

개중에는 자신도 모르게 오줌을 지린 자도 있었다.

우강은 흔들림 없이 다시 그들에게 소리쳤다.

"자, 다음!"

"다음……!"

"빨리빨리……!"

시간이 흐르고, 상인들 모두가 객잔의 음식점 밖에서 오들오들 떨고 있었다.

이제 남은 자들이 있다면 음식점 내의 숙수들과 점소이들뿐이었다.

우강은 그들을 모두 한데 모았다.

"자, 지금 자리에 없는 사람이 있소?"

그러자 얼굴에 주근깨가 도드라져 있는 어린 점소이가 손을 들었다.

"작삼이가 없어졌어요. 어사님이 오시기 전까지 있었는데……."

우강은 그 즉시 음식점의 뒷문으로 신형을 움직였다.

어디 음식점에도 일하는 자들이 드나드는 뒷문이 있기 마련이었다.

하나, 뒷문이 열린 채 그 어디에도 흔적이 보이지 않았다.

우강이 감치를 바라보며 말했다.

"이런! 한 명을 놓친 것 같군요. 지금쯤이면 멀리 도망쳤을 것 같은데……."

감치는 고개를 끄떡이며 어린 점소이에게 물었다.

"작삼이는 언제부터 이 가게에서 일했느냐?"

"네. 한 달쯤 전부터요. 일 잘한다고 총관께서도 늘 칭찬하셨어요."

"그럼 여기 총관은 어디 갔느냐?"

"총관님은 잠시 자리를 비우셨어요. 무슨 일로 나가셨는지는 모르겠어요."

이때 총관이 허겁지겁 음식점 안으로 들어왔다.

상인들에게 이야기를 들은 모양인지 주눅이 들고 몹시 조심스러운 모습이었다.

우강이 총관을 향해 입을 열었다.

"단도직입적으로 묻겠소? 작삼이라는 자는 누가 채용하였소?"

"그게, 남들이 제가 채용했다고 하는데 솔직히 기억이 나지 않습니다. 귀신이 곡할 노릇입니다. 나리! 일을 야무지게 잘하기에 찝찝해도 그냥 내버려 두었지요. 그게 다입니다."

"음. 심령금제에 당한 것이군……."

감치가 조용히 말하자 우강이 고개를 끄덕였다.

"그런 것 같습니다. 그자를 잡기는 늦은 것 같고……."

두려움에 멀뚱멀뚱 쳐다보는 총관을 뒤로하고 우강은 밖으로 발걸음을 옮겼다.

대기하고 있는 상인들에게 다가간 우강이 상인들의 수를 헤아렸다.

'음, 도망간 자는 없군……'

우강은 아까와는 천양지차인 모습으로 그들에게 말했

다. 환한 웃음을 보이며…….

"여러분, 놀라게 해서 미안합니다. 상인들로 위장한 살수들이 대거 잠입해서 그런 것이니 양해 바랍니다."

그러자 좌중이 웅성거리기 시작했다.

우강은 그 모습을 바라보며 다시 입을 열었다.

"하지만 아쉽게도 그들이 무슨 목적으로 잠입했는지는 아직 밝히지 못했습니다. 모두 독단을 깨물고 죽거나 심한 금제에 걸려 있더군요. 아! 어제 비무장에서 나를 죽이려 한 자들도 있었군요. 허허."

아직도 놀란 가슴을 진정시키지 못한 곽필용이 심호흡을 크게 하고 우강을 바라보았다.

"저, 장 어사님, 저는 오늘 도착한 관계로 비무장에 가본 일은 없지만 어제 무슨 일이 벌어졌다는 이야기는 금시초문입니다. 그런 일이 벌어졌다면 주변 상인들부터 제가 이야기를 들었겠지요."

우강은 궁금한 그들에게 어제 사건의 내막을 간략히 말해주며, 덧붙여서 오늘 벌어진 일에 대해서도 말해주었다.

물론 어떤 무공을 사용했는지 등의 구체적인 이야기는 뺐지만 누가 주범일 것이라는 정도는 말해주었다.

그러자 상인들의 얼굴에 걱정이 한가득하였다.

그들 대다수가 동시에 짧은 한숨을 내뱉었다.

"후유……."

사실 무림의 상황이 긴박해지면 상인들로서도 강 건너 불구경만 할 수 없는 노릇이었다.

게다가 어지러워진 정세를 틈타 무림맹이나 정파 문파의 기세에 눌려 숨죽이고 있던 흑도의 무리나 산적, 수적들 그리고 악인으로 낙인찍힌 자들이 일제히 고개를 쳐들면, 이 또한 상인들로서는 엄청난 골칫거리가 아닐 수 없었다.

더욱이 마교 전 교주의 조정을 받는 살수들이 상인들을 향해 무차별로 살수 행각을 벌인다면, 그들에게는 그보다 더한 악몽이 없을 것이었다.

우강은 그들의 근심 어린 표정을 보며 중얼거렸다.

'어! 이건 아닌데. 내가 너무 많은 이야기를 한 건가…….'

우강의 의도는 상인들에게도 작금의 상황에 경종을 울리고 미리 대비케 하자는데 뜻이 있었다.

하나, 자신이 의도하지 않았지만 자신이 계획하는 무림학원이 크게 성업할 것은 분명해 보였다.

상인들이 무사들을 고용하려 할 테니…….

상인들이 자신이나 그들 사업을 보호하려면 누군가의 도움을 요로 할 것이다.

대상단처럼 자체적으로 무인들을 양성하든지, 아니면 표국에 의뢰하든지, 그것도 아니라면 적재적소에 무인을 구해 헤쳐 나가든지, 여하튼 결국은 무인들의 수요가 폭발적으로 늘어날 것은 자명했다.

이때, 귀엽게 생긴 젊은 상인 하나가 손을 들었다.

우강은 자신을 바라보는 깊고 그윽한 눈길에서 알 수 없는 지혜로움을 느꼈다.

'음. 저 심유한 눈빛이 나는 천재야! 라고 말하는 것 같군…….'

한데 여인의 목소리라 또 한 번 우강을 놀라게 했다.

"장 어사님. 이번 살수들이 무얼 노리고 있는지는 짐작할 것 같아요. 바로 모레, 무림대회가 끝나면 무림맹에서 저희 상인들을 위해 대연회를 베풀기로 되어 있거든요. 원래는 초청장을 받은 상인들만 대상인데 그렇지 못한 상인들도 무림맹의 임시방문증을 받으면 연회에 참석할 수 있어요."

"……."

"아마 그들은 가까이서 무림맹주를 비롯한 무림맹의 핵심 인물들을 노리지 않을까 생각합니다. 살수들에게는 이번 대연회가 놓칠 수 없는 절호의 기회겠지요. 목적은 다르지만, 이번 기회는 저희 상인들도 마찬가지랍니다."

"……."

"언제 정파의 명숙들을 한꺼번에 보겠습니까! 혹 친분이라도 쌓으면 더할 나위 없이 좋겠지만 그게 아니더라도 눈도장만 찍어두어도 그게 큰 사업밑천이 된답니다. 그래서 이번에 많은 상인이 생업을 제쳐두고 대거 무림맹으로 오게 된 거예요."

우강은 그녀의 말이 이치에 합당하다고 생각했다.

'음. 이틀 후에 그런 일이 예정되어 있었군……. 아마 내가 무림대회의 심사관으로 참석했다면, 오늘 중 이야기를 들을 수 있었겠지…….'

그러다. 우강은 고개를 갸웃거렸다.

'음, 전 마교주 임도겸과 빙백문은 합작한 사이인데, 서로 손발이 맞지 않은 건가……. 내가 어제 당했다면, 과연 예정대로 대연회가 열렸을까? 그건 절대 불가능한 일이지…….'

우강은 확신했다. 그들 두 무리는 비록 손을 잡았지만 완전한 연합체는 아니라는 것을…….

그들에게 틈이 보인다면 분명히 우강에게는 희소식이었다.

얼굴에 웃음을 머금은 우강은 마음의 여유가 다소 생기자 그녀에게 질문거리 하나를 떠올렸다.

자신이 미처 집어내지 못한 것을 그녀가 밝혀낼 수도 있는 일이었다.

"소저! 미안한데 소속과 누군지 알 수 있겠습니까?"

"아! 저는 중주상단의 이가은이라 합니다."

그러자 상인들 여기저기서 말들이 오고 가기 시작했다.

"그럼 저 여인이 중주 상단주가 애지중지한다는 그 막내 딸……."

"음. 재녀라고 들었는데……."

"무공도 곧잘 한대. 어디서 배웠는지는 모르지만……."

우강은 상인들의 웅성거림을 듣고 본인은 몰랐지만 꽤 이름이 알려진 여인임을 알았다.

'음. 중주 상단주의 딸이라는 배경이 그녀에게 날개를 달아주었구나…….'

"아! 이 소저셨군요. 살수들을 조정하는 자가 노리는 게 정확히 무얼까요? 무림맹의 붕괴일까요, 아니면 또 다른 것일까요?"

그러자 그녀가 초롱초롱 눈을 빛냈다.

"어사님, 사실 제 입이 상당히 비싸답니다. 하나! 어사님이 저희 상인들이 입을 피해도 막아주셨으니 그냥 공짜로 말씀드리지요. 호호."

우강은 빙그레 웃으며 좀 더 그녀 가까이에 다가갔다.

'허! 꽤 맹랑한 구석이 있군. 어디 무슨 이야기가 나오는지 들어나 볼까…….'

"그건 어사님! 차도살인지계(借刀殺人之計)에 성동격서(聲東擊西)가 아닐까요."

상인들은 의아해했지만 우강이나 감치는 그녀의 말을 곧

바로 이해했다.

'음. 살수들의 배후를 마교에게 뒤집어씌우고 무림맹으로 하여금 마교와 전쟁을 벌이게 한다……. 그들이 싸움에 정신이 팔린 사이, 야금야금 그들 세력을 먹어치운다……. 그래 임도겸이라면 그러고도 남겠지…….'

우강은 그녀를 칭찬하지 않을 수 없었다.

"훌륭합니다. 소저! 다만 변수들이 있어서 상황이 마냥 그리 흘러갈지는 모르겠습니다."

그러자 그녀가 호기롭게 웃었다.

"호호호. 그 변수를 없애는 것이 장 어사님이 하실 일 같은데요."

우강은 그녀에게 손뼉을 쳤다.

짝짝짝.

"하하하. 그것도 차도살인지계 같습니다만, 상인들의 우환거리를 제가 나서서 제거해달라니 말입니다."

그러자 그녀가 생긋 웃으며 고개를 저었다.

"아니죠, 말은 바로 해야죠. 그게 상인들만의 우환거리겠습니까! 전 중원의 우환거리겠지요, 더 가까이는 무림문파의 우환거리일 것이고……. 그러니 나중에 어사님이 공치사를 원한다면 먼저 무림 문파에 가서 손을 내밀어야죠. 안 그런가요, 어사님!"

우강도 지지 않았다. 그녀를 바라보는 눈에는 장난기가

가득 찼다.

“네, 그렇게 하겠습니다. 다만 중주상단은 제 기억에서 지우겠습니다. 이렇게 뛰어난 재녀가 계신데, 누가 감히 중주상단을 건들겠습니까. 하하.”

두 사람이 토닥거리는 사이 무림맹의 무사들이 달려오는 모습이 보였다.

그러자 우강은 상인들에게 인사를 고했다.

“자. 그럼, 저희는 가보겠습니다. 혹 무슨 어려움이 있으면 무림맹 근처에 저와 저희 일행들이 머무는 곳으로 찾아오십시오. 문은 언제든 열려 있으니까요.”

“…….”

그 말을 끝으로 우강과 감치는 허공의 점으로 변해 그들 시야에서 사라졌다.

남아 있던 상인들은 우강과 감치의 경공에 입을 벌리고 다물지를 못했다.

잠시 후, 누가 먼저랄 것도 없이 절로 감탄을 쏟아냈다.

“와아! 대단하다…….”

“…….”

그 와중에 이가은은 손을 흔들며, 싱글벙글 웃고 있었다.

‘내가 반드시 장 어사 곁으로 간다. 덤으로 무공도 배우고……. 뭐, 이게 다 중주상단을 위한 일이니……. 호호.’

한편, 객잔의 음식점에서 줄행랑을 친 점소이는 어느덧 무림맹 영역을 넘어 인적이 드문 깊은 산속으로 들어갔다.

축골공으로 작게 했던 그의 몸은 어느새 커져 있었고, 내공으로 변용한 얼굴도 원래의 얼굴인 50대 장년인으로 바뀌어 있었다.

그는 지금 숲속 깊은 산중 호숫가에서 초립을 쓰고 홀로 낚시를 하는 이에게 다가가 조용히 뒤에서 시립했다.

초립을 쓴 자가 뒤도 돌아보지 않고 물었다.

그의 목소리에서 찬바람이 씽씽 불었다.

"호위령주! 지금은 때가 아닌 것 같은데……. 작전이 실패했나?"

그러자 호위령주 나태주는 무릎을 꿇었다.

"죄송합니다. 교주님. 객잔 음식점에 장우강이 엄청난 고수를 대동하고 나타나는 바람에 일이 어그러졌습니다. 한데, 이 모두가 빙백문 때문입니다. 빙백문의 살수 셋이 전날 장우강을 죽이려다 실패하는 바람에 장우강이 모든 상인을 조사하게 된 것입니다."

태산처럼 무겁게 느껴졌던 임도겸의 어깨가 심하게 흔들거렸다.

"뭐라! 빙백문의 살수들이 틀림없느냐?"

"속하 어느 안전이라고 거짓을 고하겠습니까? 장우강이 객잔에 들이닥치기 얼마 전에 무림맹에 잠입해있던 호위사자로부터 전갈을 받았습니다. 장우강을 대신해 그의 부하 둘이 무림맹에 그 일을 항의하고 공식적으로 사죄를 요구했다 합니다."

임도겸이 낚싯대를 땅바닥에 내려놓고 신형을 반대편으로 돌렸다.

그의 표정에선 어떠한 희로애락도 느낄 수 없었지만 오랜 기간 그를 보필한 호위령주는 그의 표정이 아주 화났을 때의 모습이라는 것을 너무나 잘 알고 있었다.

"자세히 말해보아라!"

"네, 교주님!"

호위령주는 보고 들은 상황을 줄줄이 말하기 시작했다.

하지만 그의 말에는 자신이 교묘하게 지어낸 거짓과 과장도 일부 섞여 있었다.

당연히 자신의 책임을 면하기 위한 술수였지만 그는 털끝만큼도 양심의 가책을 받지 않았다.

그건 그 자신도 몹시 황당하고 억울했기 때문이었다.

호위령주로부터 말을 전해들은 그는 갑자기 낚싯대를 부러뜨려 호수로 집어 던졌다.

"이런! 절호의 기회를 빙백문 때문에 날려버렸구나. 때가 될 때까지 제발 얌전하게 있으라고 그토록 이야기했건만……. 문주 그놈이 말을 듣지 않았어!"

호위령주는 임도겸의 화가 가라앉을 때까지 입도 뻥긋하

지 않고 가만히 있었다.

그때 임도겸의 입이 다시 열렸다. 좀 전보다 훨씬 차분해진 음성이었다.

“또 할 말이 있나?”

호위령주는 임도겸의 눈치를 살피며 조심히 말했다.

“이건 좀 더 확인해야 하는 상황이지만, 호위사자의 말을 빌리면 엄청난 강시가 나타났다고 합니다.”

그러자 임도겸이 또다시 흥분했다.

“뭐라! 강시……! 백골문이 부활이라도 했단 말이냐?”

호위령주가 급히 머리를 조아렸다.

“죄송합니다. 아는 것이라고는 그게 다입니다.”

“너는 돌아가서 반드시 강시에 대해서 알아오라! 난 당분간 여기 살문 비밀 분타에 있겠다.”

“알겠습니다. 교주님, 하온데 빙백문은?”

“그간 내가 알아서 하겠다. 여차하면 장우강과 상잔시키는 방법도 생각해보고…….”

“…….”

우강에게 고수들이 모이다

장우강과 정체를 알 수 없는 고수 하나가 무림맹 영역에 잠입한 살수들을 모조리 찾아내 토벌했다는 소식에 무림맹과 그 주변이 들썩거렸다.

뒤늦게 사도련의 공식사절단으로 수행원들을 이끌고 온 사도련 군사 방우명은 백리강을 바라보았다.

그런데 왠지 그의 표정에서 묘한 씁쓸함이 어려 있었다.

"허허. 백 관장님, 어딜 가나 장 어사의 칭송 소리가 하늘을 찌르는군요. 이러다가 무림맹이나 사도련의 존재감이 장 어사에게 가려 사라질까 두렵습니다."

그러자 백리강이 단호하게 고개를 저었다.

“이보시오, 군사! 새삼 어린아이도 아닌데 그 무슨 해괴한 질투요! 이게 다 그가 혁혁한 공을 세워서 그런 거지……. 그가 아니었다면 무림맹이나, 사도련 둘 다. 무인들이 흘린 피로 강물이 시뻘겋게 변했을 것이요. 안 그렇소이까!”

“후유! 관장님! 머리로는 이해하고도 남는데 마음이 따라주질 않는 걸 어떡합니까? 그건 그렇고, 무림맹에서도 주변 경계를 게을리 말아야겠습니다. 주변에 간자들이 득실댈지도 모르니 말입니다.”

그러자 백리강이 묘한 웃음을 흘렸다.

“그야 당연한 말이긴 한데, 군사가 그리 말하니 좀 그렇소이다. 군사는 사도련에는 간자가 없다고 확신하오? 모르긴 몰라도 무림맹보다 더 있을 것이오. 사파의 특성상…….”

사도련 군사 방우명은 백리강이 자꾸 자신의 말을 비틀자 기분이 슬슬 나빠지기 시작했다.

아무리 명망 높은 외부영입 인사라 할지라도 사도련의 사실상 이인자인 그를 너무 아래로 보는 것 같았기 때문이었다.

“으음, 관장님, 그나저나 긴장 좀 하셔야겠습니다. 장 어사가 무림학원을 연다고 하는데, 자칫 장래가 촉망되는 인재들이 무림학원으로 몰리면 저희 학관은 빈껍데기가 되지 않을까 모르겠습니다."

백리강은 미간을 찌푸리다 방우명에게 강한 눈길을 주며 언성을 높였다.

"이보시오, 군사! 멸마용호관을 돈벌이를 위해 외인에게도 문호를 개방할 작정이오? 그거 나와 사전에 협의해야 하는 것 아니오! 내가 꿔다놓은 보릿자루요, 뭐요?"

'에이, 저 노인네…….'

이쯤에서 방우명은 한발 물러서기로 했다.

그와 외지에서 다투는 것이 모양이 좋지 않을 뿐만 아니라 실익도 없었다.

"아! 그건 련주님이 직접 말씀하신다고 해서 그랬던 겁니다. 아무튼 심기가 불편하셨다면 제가 사죄드리지요."

"알겠소이다. 내 생각으로는 장 어사가 열려는 무림학원은 우리의 경쟁상대가 아니오, 서로 보완하는 역할이지. 음. 내가 일단 장 어사를 만나서 허심탄회하게 논의해보겠소이다. 하나 분명한 것은 그는 군사의 생각처럼 무림학원을 크게 키울 만큼 지금 한가한 처지가 아니라오."

"……."

한편, 그즈음 장우강은 정말 다른 걸 생각할 틈도 없이 눈을 감고 머리를 굴리느라 바빴다.

감치와 그의 휘하 부하들에게 자신을 매개체로 한 주술

진으로 내공을 불어넣어주려고 하는데, 옆에 있던 제갈용성이 던진 한마디가 그 시발점이었다.

"형님! 형님이 잘하는 잔머리 좀 팽팽 돌려보세요. 너무 아깝지 않나요? 검귀 아저씨들이 평생 익혀온 내공들을 그냥 허공 속에 날려버리려는데……."

우강은 그의 말을 듣고, 턱을 괴며 생각에 잠기기 시작했다.

감치와의 약속대로 그들에게 딱 필요한 만큼의 유가밀공을 알려주고, 부족한 내공은 임시주술진으로 채워주기로 했다.

한데, 제갈용성이 내뱉은 말은 그들이 평생 쌓아온 내공을 버리지 말고 재활용할 방법을 찾아보라는 거였다.

'음. 뭐 좋은 방법이 없을까……. 방법이 딱 하나가 보이는데, 그것 말고는 없나…….'

우강은 숙고에 숙고를 거듭했지만 그것 외에는 다른 방법을 찾을 수 없었다.

천마심공은 마교의 정점에 우뚝 솟아 있는 무공!

그 기기묘묘한 원리로 인해 천마심공은 다른 마교의 심공을 모두 포용할 수 있었다.

그렇지 않았더라면 고대 천마와 그의 사형제들이 단시일 내에 강자로 우뚝 설 수가 없었다.

다시 내공을 쌓으려면 한 세월이 걸렸을 것이었다.

'그래, 주화입마가 없는 나만의 천마심공을 대성하자. 그러고도 남은 내공은 진정한 금강불괴를 완성하는데 쓰고. 이젠 나도! 그저 남의 무공을 흉내 내는 경지는 지났다고! 재창조해야지. 암. 그렇고말고.'

뭐가 그리 좋은지 우강이 눈을 감고 히죽거리자 제갈용성이 고개를 갸웃거렸다.

'그래! 강적들을 상대해야 하니 아무래도 파괴력이 큰 무공이 필요할지도 몰라…….'

우강은 눈을 뜨고 느닷없이 제갈용성의 머리통을 한 대 쥐어박았다.

눈을 흘긴 제갈용성이 소리쳤다.

"왜 때려요?"

"하하. 네놈이 자꾸 날 머리를 쓰게 만드니 그렇지. 그래 기분이다. 너에게 격체전공으로 1갑자의 내공을 더 주마! 다만 네가 익힌 내공을 알려주어야 가능하다. 왜냐면 내가 너의 진기의 성질과 흐름에 맞추어 내공을 전해줘야 하기 때문이다."

제갈용성이 언제 인상을 썼느냐는 듯 희색이 만면했다.

그는 가문의 내공심법을 우강에게 전해주는 것에 주저하지 않았다.

우강이 남이 아니라고 생각했기 때문이다.

"정말이지요? 형님!"

"그래, 넌 가서 감 문주님을 불러와라. 준비되었다고 전해! 그리고 너도 앞으로 보름 동안은 외부출입 못 한다. 알겠지?"

"알았어요."

조금 후, 감치가 방으로 들어왔다.

그는 새로운 내공을 익혀 진정한 무형검을 완성한다는 설렘에 몹시 들떠 있었다.

"빨리합시다. 밥이 넘어가지 않소이다!"

우강은 씩 웃으며 고개를 끄떡였다.

"네, 그 전에 한 가지만 여쭤보겠습니다. 고대 천마의 절기 중에 최고는 무어라 생각하십니까?"

우강은 가볍게 물어본 것인데 그의 표정이 심각하게 변했다.

그가 느릿느릿하게 말하기 시작했다.

"거참, 참 좋은 질문이오. 나도 그간 잊고 있었는데, 나에게도 좋은 자극제가 될 것 같소. 그건 말이요. 강기의 유형화요! 천마의 강기가 요동치는 사방 5장 이내에서는 그가 무적이오. 누구도 그를 상대할 수 없소! 공간을 완전히 장악했기 때문이오."

"강기의 유형화라……."

"하니, 그와 싸우려면 먼 거리에서 그와 겨룰 수밖에 없소이다. 결국은 공력이 엄청나게 소모되는 이기어검 정도가 되어야 이기지는 못하겠지만 그와 상대할 수는 있소."

말을 하는 그의 얼굴이 조금은 비장해졌다.

"한데 말이오, 바로 조금 전까지도 이기어검보다 위인 무형검을 완성해내면 천마와 싸워도 쉬이 이길 거라 생각했는데……."

우강은 조바심이 바짝 들었다. 본인도 모르게 그의 말을 따라했다.

"생각했는데……."

"하나. 천마가 무형검의 경지를 모를 리 없다는 생각을 문득 하게 되었소. 그라면 분명히 대비책을 만들어두었을 거요. 내 생각에는 평상시에도 강기막을 주변에 펼쳐놓는다면 아무리 무형검이라도 그걸 뚫을 수 없을 것 같소! 물론 내공이 절대 경지에 달해야겠지만……."

"……."

"쉽게 말해서 그냥 강기막이 신체 일부로 편입된다는 뜻이요. 이는 금강불괴와는 차원이 다른 것이오. 그냥 늘 자면서도 갑옷을 입는 사람과 몸은 단단하게 단련 하는 사람의 차이라 할까."

우강은 반문했다.

"그러면 천마가 무적이라는 말입니까?"

그러자 그가 손을 내저으며 어느새 굳은 얼굴을 풀고 빙그레 웃었다.

"에이, 그러면 안 되지! 내가 평생 무형검을 추구하는 게 헛된 꿈이 되면 쓰겠소이까! 그럴수록 마음의 칼을 더 날카롭게 갈고 다듬어야지……!"

"……."

"좀 전에 말했다시피, 난 무형검이 완성되면 그 자체로 무적이라 생각했는데, 장 어사 덕분에 무형검에도 단계가 있다는 것을 깨달았소이다. 하하."

우강은 뜻하지 않게, 그의 무론을 듣고 깊게 감명 받았다.

"하! 좋으신 말씀입니다. 저도 많이 깨닫게 되는군요."

"이런, 천하의 장 어사가 내 말에 흡족해하니 내가 도리어 기분이 좋소. 허허허."

우강은 손사래를 쳤다.

"아! 아닙니다. 누가 절 기연 덩어리라 하더군요. 그러니 평생을 고련 한 문주님과는 그 깨달음이 비할 바가 못 되지요. 헤헤."

그가 웃고 우강도 따라 웃었다.

"하하하……."

"하하하."

웃음이 그치자 우강은 그의 앞에서 자신의 등을 내밀었다.

그러자 그가 의아해하며 물었다.

"뭐 하는 거요?"

"문주님의 내공을 그냥 허공에 버리시지 말고 저의 몸에 버리십시오."

"그러니까 격체전공을 하란 말이오?"

우강이 고개를 끄떡이자 감치는 노회한 고수답게 더는 묻지 않았다.

다 방법이 있으니 저러는 것으로 생각했다.

다만 한 가지 상념이 머리에 깃드는 것은 그도 막을 수가 없었다.

'음. 마기는 다른 내공과 동화되기가 불가능한데…….'

잠시 후, 노도와 같은 그의 내력을 남김없이 받아먹은 우강은 그에게 심어를 보냈다.

옆에 제갈용성이 있었기 때문이었다.

그가 아는 게 문제가 아니라 입이 가볍고 싸서 그런 거였다.

—문주님, 놀라지 마십시오. 지금부터 잠시만 천마심공을 돌리겠습니다. 입수한 경위는 정말 우연이었습니다. 헤헤.

그는 내공이 텅 빈 상태라 그저 우강을 흘겨보는데 만족해야 했다.

우강은 마기가 온몸에 차오름을 느끼며, 곧바로 제갈용

성과 함께 임시주술진을 펼치기 시작했다.

시간이 흘러 반 시진이 지나고 감치의 얼굴에도 푸르스름한 기가 보였다.

그는 크게 만족해하며 돌아가고 이후 월령문의 검귀들에게도 같은 방법을 수없이 반복했다.

그들 다음으로는 우강의 나머지 일행들과 돌아온 스무 명의 낭인들에게도 임시주술진으로 내공을 보강해주었다.

이는 그들 모두 원한 일이었다.

그리고 마지막으로 제갈용성에게 1갑자의 내공을 더 주고 나니 어느덧 보름이 훌쩍 지나갔다.

사실 잡신이 받아들일 수 있는 내공의 한계가 5갑자라 제갈용성에게 1갑자를 더 주는 일은 조금 번거로운 절차를 거쳐야 했다.

그렇지만 우강에겐 크게 문제 될 것은 없었다.

우강의 자연선천진기를 제갈용성의 내공으로 변형해 주면 그걸로 끝이었다.

드디어 중노동보다 더한 일을 마무리하고 우강은 방문을 힘차게 열어젖혔다.

"아! 누님이 와 계셨군요?"

"네, 오늘쯤 끝난다 해서 기다리고 있었습니다."

"그래, 일은 완전히 다 끝났나요?"

우강은 고개를 끄떡였다.

"네. 그렇습니다. 누님. 별일은 없었지요?"

"네. 공사는 차근차근 진행되고 있어요. 곧 간판을 내걸 수 있을 것 같아요, 어사님."

지난번 우강에게 잘못을 빈 후에는 사석에서도 일절 말을 놓지 않는 제갈청영이었다.

"아, 사설 대련장도 잘 진행되고 있지요?"

"그럼요. 어사님. 그리고 백리강 어르신이 아마 내일쯤 방문하실 거예요."

"알겠습니다. 그럼 저는 밖에 바람 좀 쐬고 오겠습니다."

"네. 다녀오십시오."

우강은 무림맹에 관한 일은 일절 그녀에게 묻지 않았다.

당분간 냉각기를 갖기로 했기 때문인데, 남궁향아와의 만남도 그 이후로 미뤄두고 있었다.

제갈용성과 수다를 떨며 돌아가는 그녀를 물끄러미 바라보다 걸음을 옮긴 우강은 상쾌한 공기를 마음껏 들이마셨다.

그러자 갑자기 탁 트인 절경이 보고 싶어졌다.

'음. 황산 어디로 갈까? 그래 연화봉으로 가자.'

일부러 사람의 인기척이 드문 곳만 골라 올라가던 우강은 외진 곳에 자리 잡은 작은 움막을 보고 잠시 걸음을 멈추었다.

'허, 이런 곳에도 사람이 사나? 아니면 사냥꾼의 임시 대피소인가?'

우강은 고개를 갸우뚱하며 다시 산 정상으로 발길을 옮기는 순간, 자신을 부르는 목소리를 들었다.

"이보시오. 내 집을 구경했으면 관람료라도 내고 가야지. 그냥 가는 법이 어디 있소?"

우강은 순간 인상을 찡그렸다.

그에게 말을 거는 자가 성가셔서 그런 게 아니고, 자신이 그를 느끼지 못한 것을 탓한 거였다.

'이런! 사람이 있었구나. 근데 왜 내가 인기척을 못 느낀 거지…….'

우강은 다시 움막을 쳐다보았다.

한데, 정물화처럼 움막은 고요히 서 있고 아무런 기척이 없었다.

우강은 한참을 뚫어지게 쳐다본 후에야 고개를 절레절레 흔들었다.

'와! 저거 그림이었네! 그것도 생동하는 그림……!'

탄성을 터트린 우강이 계속 움막을 감상하며 입을 열었다.

"좋은 그림입니다. 그래, 관람료가 얼마입니까?"

그러자 그가 너털웃음을 터트리며 신형을 드러내었다.

"하하하……."

그 순간, 우강이 그림이라고 결론지었던 움막에서 상대가 덜컥 문을 열고 나오자 순간적으로 뒤로 고개를 젖히며 입을 벌렸다.

우강의 눈은 이미 주마등만큼이나 커져 있었다.

우강은 그 짧은 순간만큼은 어이없게도 산신령이 진짜 나타난 거로 착각하고 있었다.

"앗! 산신령……!"

그러자 그가 다시 웃었다.

"하하하. 내가 산신령이라니……. 태어나서 들은 제일 기분 좋은 말이외다. 그러는 의미에서 우리 손이나 한번 맞춰 봅시다. 내키지 않으면 그냥 관람료라 생각해도 좋고……."

말이 끝나기가 무섭게 그가 움직였다.

우강은 좀 전에 낭패감을 톡톡히 맛보았기에 공력을 모으고 긴장감을 고조시켰다.

정체 모를 그의 신형이 우강에게 다가오는가 싶더니 갑자기 우강의 시야에서 사라졌다가 다시 나타났다. 그리고 또다시 사라졌다.

'뭐야, 이형환위인가…….'

우강은 안력을 돋우었다. 그 순간 그가 쇄도했다.

어느 정도 미리 대비하고 있었음에도 우강은 놀라지 않을 수 없었다.

분명 처음에는 엄청난 빠르기로 좌우로 왔다 갔다 하던 신형이 마치 자신의 분신을 찍어내듯 어느 사이 셋이 되어 있었다. 그리고 그 셋은 동시에 사뭇 위협적인 기력을 쏘아냈다. 그러자 우강은 안력을 끌어올려 방어와 공격의 맥점을 찾기 위해 노력했다.

'찾았다……!'

"얍……!"

우강은 기합을 불어넣으며 손가락 세 개를 쭉 뻗었다.

그러자 손끝에서 금광의 검기가 뿜어져 나와 공격해 들어오는 수상한 자의 기력을 끊어버렸다.

퍼엉……!

사실 우강은 3개 중 2개는 허상이라 생각했지만 귀찮아서 자신이 생각하는 허상을 향해서도 십맥신검을 날려버렸다.

그저 한순간의 변덕이었다. 한데 그것이 뜻하지 않은 행운을 불러왔다. 상대에게는 엄청난 불운이었지만…….

"으윽……."

그자의 입에서 미약한 신음이 흘러나왔다.

우강은 본인의 예상과 달리 엉뚱하게 허상이라 생각한 곳에서 그가 나타나자 두 눈이 휘둥그레졌다.

'앗, 뭐야! 내 무공이 퇴보했나! 하마터면 큰일 날 뻔했구나…….'

그는 우강과 다른 의미로 무척이나 놀란 듯, 입을 벌리고 서 있었다.

손으로 왼쪽 옆구리를 감싸며…….

우강의 검기가 스쳐 간 곳에서 피가 솟구쳐 나오며 찢어진 옷자락 밖으로 흘러내리기 시작했다.

하지만 그는 피를 멈추게 할 생각도 않고 계속 망연히 서 있기만 했다.

우강은 본의 아니게 미안한 생각이 들어 소리쳤다.

"거기 옆구리에 피가 흐르니 빨리 지혈하시오!"

하나, 그는 급기야는 눈물을 흘리기 시작하더니 엉엉 울기 시작했다.

"흑, 흑, 흑……."

우강은 이 불편한 광경을 정말 사양하고 싶었다.

그 즉시 반쯤 넋이 나간 그를 점혈하고 피를 멈추게 했다.

응급조치를 끝낸 우강은 그의 점혈을 풀고 그를 물끄러미 쳐다보았다.

눈물은 멈추었지만 여전히 그는 멍한 상태였다.

그냥 가려니 발걸음이 떨어지지 않아 우강은 좀 더 기다려주기로 했다. 시실 왜 그런지는 자신도 몰랐다. 다만 그가 측은해 보인 건 맞았다.

시간이 흐르자 정신이 조금씩 돌아온 그가 이번에는 우

강을 하염없이 바라보았다.

'뭐야, 나더러 설명해달라는 것인가……. 그래 이야기해 주자. 나도 저자에게 물어볼 것이 많으니…….'

우강이 목청을 다듬고 입을 열었다.

"으음. 나는 세 손가락에 검기를 담아 귀하의 진짜와 헛것을 가리지 않고 한꺼번에 쏘았습니다. 귀하가 느끼기는 아마 검이라고 생각했을 것입니다. 근데 그것이 맞습니다. 검이며 동시에 검기이기 때문이지요."

"……."

"그렇지만 내가 허상이라고 생각한 곳에서 귀하가 나타나자 난 매우 놀랐습니다. 난 그저 세 군데에 검을 날려서 운이 좋았고, 귀하는 뭐. 오늘 일진이 좋지 않았다고 생각하십시오. 정말. 정말로 귀하의 무공은 훌륭했습니다."

"……."

"허깨비가 따로 있는 게 아니고 귀하가 허깨비 자체였습니다. 만약 내가 진짜라고 생각한 곳에만 검을 날렸다면, 나는 허상을 가격한 셈이 되어 당한 것은 오히려 나였을 것입니다."

그러자 그가 눈을 치켜뜨고 다시 물었다.

"무슨 무공입니까, 장 어사님?"

우강의 눈이 깜빡거렸다.

"하하, 나를 아는가 봅니다."

그러자 그가 미소 지었다. 죽상이던 얼굴은 이미 사라졌다.

우강의 설명 같은 위안으로 자신감을 되찾은 거였다.

"하하. 무공 좀 한다는 사람치고 심산유곡에 처박혀 있지 않은 한, 장 어사님이 용모파기를 안 본 사람은 거의 없을 겁니다. 한데, 장 어사님을 뵙자 호승심이 생기더군요. 그래서 시비를 걸게 된 것입니다. 죄송합니다."

우강은 손사래를 쳤다.

"뭐, 그럴 수도 있지요. 허허. 내가 시전한 무공은 십맥신검이라는 무공입니다. 아마 처음 들어봤겠지만 대리국의 육맥신검과 유사한 검입니다. 근데 누구십니까? 그리고 무공의 정체는요?"

"저는 풍상우라고 하고, 사문은 형산파입니다. 도문에 가까운 작은 문파라 잘 모르실 겁니다. 그저 형산 주변에서 약간의 협명을 떨치고 있지요. 음, 무공은 우연히 구한 칠성산형보(七星散形步)에서 제가 손을 본 것이라 아직 이름이라는 것은 없습니다."

"……."

"좌우로만 움직이는 것처럼 보이지만 실은 좌, 우, 앞, 뒤 네 방향으로 움직이죠. 한데 앞뒤로 움직이는 속도는 좌우보다 세 배 이상 빠르기에 사람의 눈이 착각하기 쉽습니다. 그 이유는 사람은 처음에는 대부분 고정관념으로 판단하기 때문이지요."

우강은 그가 무척 젊게 보이나 40줄에는 다다른 것으로 생각했다. 그런 그가 평생 보법만 연마했을 것이라고는 상상이 되지 않았다.

"훌륭한 보법입니다. 근데 그게 다가 아닌 것 같은데요."

"아! 사실은 사로검법이라는 연환검법이 있습니다. 한걸음마다 매 다른 검식이 연환되어 있는데, 보법을 완성하기만 하면 익히기는 까다로운 검법은 아니지요. 제가 어사님을 공격했던 것도 그 검식을 흉내 낸 지법이었습니다."

우강은 고개를 끄떡이며 내심 감탄했다.

'하, 저 엇박자의 보법을 익히기가 여간 어렵지 않을 텐데, 대단하구나…….'

"하하 말씀 감사합니다. 말만 들어도 얼마나 고되게 수련했는지가 상상이 가는군요. 근데 저기 움막은 그림입니까, 실체입니까?"

"저건, 사실 그림이면서 실체입니다. 아! 오해는 마십시오. 어사님의 십맥신검을 빗대서 말한 것은 아닙니다. 그러니까 그림 뒤에 진식이 숨겨져 있습니다. 진식을 조절하면 그림으로 보이기도 하고, 진짜 움막으로 보이기도 하지요."

우강은 그림이자 실체라는 절기의 용도가 궁금해졌다.

그저 남을 속이는 용도로 쓰이기에는 너무 아깝다는 생

각이 들었다.

"풍상우님, 가령 저 움막은 무슨 용도로 사용하는 게 제일 좋을까요?"

우강의 질문 의도를 알아챈 그가 신이 나서 답했다.

"하하하. 어사님, 그냥 쉽게 생각하시지요. 눈을 현혹하려 만든 게 맞습니다. 원래는 적을 방비하기 위한 매복진입니다만 일상에서는 돈벌이에 쓰고 있답니다. 저잣거리에서 말이지요."

우강이 문득 그가 여기서 뭘 하고 있었는지가 궁금했다.

본인을 기다린 것 같지는 않았기 때문이었다.

"근데 여기는 무슨 일로?"

"아! 무림맹에 무림학관의 교관을 구한다기에 지원하려고요. 시간이 남아서 여기서 움막을 짓고 무공수련을 하고 있었는데, 어사님을 뵙게 된 거지요. 어사님이 움막을 쳐다보시길래 그 뒤에 숨어 있었지요. 하하."

"그러셨군요. 근데 뭐로 가르치려고 하는지, 혹 칠성산형보입니까?"

그가 힘차게 고개를 끄떡였다.

"네, 그렇습니다."

우강은 그의 재주가 탐이 났다.

특히나 기습공격을 할 수 있는 매복진은 장차 무림전쟁이 일어난다면 아주 유용하게 쓰일 거라고 확신했다.

"풍상우님, 내가 관람료를 듬뿍 줄 테니 나와 일할 생각이 없습니까? 무림학원의 교관 자리가 비어 있어서요. 거기에다 과외로 돈을 벌 수도 있고 말입니다."

그가 눈을 동그랗게 떴다.

"무림학원요?"

우강은 그에게 자신이 설립하려는 무림학원에 관해 설명하기 시작했다. 유료대련장도 곁들여서…….

일각 여에 걸친 우강의 말이 끝나자 그가 곧바로 짐을 챙겼다.

뜻하지 않게 교관 한 사람을 구한 우강은 그와 사이좋게 내려오며 웃음꽃을 피웠다.

* * *

아침나절, 진한 향나무 냄새가 가시지 않은 거대한 대문 앞에서 꽤 많은 사람이 북적거리고 있었다.

제갈용성의 입김이 작용해 무림학원의 입구를 마치 거대한 성곽처럼 꾸며놓았는데, 화강암도 아닌 대리석으로 무림학원의 앞단을 화려하게 꾸며놓았다.

제갈용성이 책에서 본 서역풍의 건물을 자신의 취향으로 본떠 만든 거였다.

지금 거대한 대문 위, 우뚝 솟은 전각 위에서 우강과 그의 일행들이 사람들의 환호에 손을 흔들며 얼굴에 가득 미소를 담고 있었다.

바로 오늘이 우강이 개설한 무림학원의 현판식이 있는 날이었다. 우강은 가까운 거리에 있는 무림맹을 자극하지 않게 조촐하게 행사를 하려 했지만, 하오문 이설아가 소문을 퍼트려 많은 인파가 들이닥쳤다.

인파 중에는 무공의 무자도 모르는 햇병아리들도 있었지만 무공이 비교적 약한 문파에서 그들 문파 원들을 대거 보낸 곳도 있었다.

바로 하오문이 단적인 예였다.

송추희가 우강을 보며 눈웃음을 쳤다.

"하, 장 어사님이 저희에게 눈길을 주지 않았던 이유가 하나하나 밝혀지는군요. 바쁘셨을 텐데, 언제 그리 연애 사업을 열심히 하신 거죠? 어머나 세상에! 하오문에도 어사님의 정인이 있을 줄은 꿈에도 몰랐답니다. 호호."

우강은 겸연쩍은지 멋쩍은 웃음을 흘려보냈다.

"허허. 뭐, 그렇게 되었소이다. 근데 어찌 안 거요?"

"어사님. 저희가 어사님의 일거수일투족을 다 지켜보고 있는 걸 모르세요! 어사님이 가는 곳마다 황금 덩어리가 복스러운 강아지마냥 꼬리를 살랑살랑 흔들고 있는데……. 호호."

"하하하……."

우강은 대소하며, 하오문에서 자신의 개인신상정보가 유출된 게 분명하다고 생각했다.

그녀들이 화미궁 본단에 소식을 전하기 위해 가는 곳마다 하오문 분타에 들른다는 것을 익히 잘 알고 있어서였다.

'설마 어제 날 본 것인가…….'

사실 어제 우강은 이설아의 요청으로 비밀리에 그녀를 만났다.

짧은 해후를 뒤로하고 급변하는 무림 정세에 관한 정보를 주고받고 그녀의 부탁 한 가지를 수락했다. 그것이 바로 하오문 문도들을 교육해달라는 요청이었다.

"송 소저, 혹, 어제 하오문에 가셨소?"

송추희는 우강의 말을 듣자마자 장약란과 곽미교를 쳐다보며 까르르 웃었다.

"호호호……. 호호호……."

그녀들의 느닷없는 웃음에 우강의 송충이 같은 굵은 눈썹이 꿈틀거렸다.

그러자 그녀가 웃음을 멈추고 급히 입을 열었다.

"네. 저희가 어사님이 가신 뒤에 하오문에 갔었지요. 궁주님께 전갈을 보내려고 말이죠. 일을 마치고 하오문도와 잠시 수다를 떨다 나오는 길에 그녀가 나타나 잠시 보자고 하더군요. 저희도 한 미모 하지만 그녀 또한 상당한 미인이더라고요. 뭐, 한 떨기 청초한 수선화 같다고나 할까……!"

"……."

"뭐, 처음에는 화미궁의 사업에 대해 이것저것 물어보고, 나중에는 서로 협력할 방안에 관해 이야기를 주고받았는데 그녀가 중간중간에 어사님에 관해 은근슬쩍 물어오더라고요. 그래서 저의 직감에 뭔가가 있다고 생각했지요."

"……."

"뭐, 그래서 어사님에 대해 잔뜩 칭찬을 늘어놓았죠. 천하 3대 미남에다, 엄청난 무공에, 황제의 최측근 등등 말입니다. 옆에서 바라보던 미교와 약란이도 거들기 시작했지요. 급기야는 제가 어사님 같은 분이라면 지금 당장이라도 결혼하겠다고 하니까, 그녀의 눈빛이 싸늘하게 돌변하더라고요."

"……."

"그러더니 어사님과 장래를 약속한 사이라고 말하면서, 말은 정중했지만 치근덕거리지 말라는 경고장을 날리더라고요. 호호. 그게 다예요. 어사님!"

"끙……."

우강은 앓는 소리를 내며 눈을 질끈 감았다. 그녀의 성격이라면 충분히 그러고도 남는다고 생각하는 순간, 여러 아는 여인들이 동시에 떠오르며 미래가 두려워지기 시작했다. 갑자기 멀쩡한 몸까지 떨리기 시작했다.

'앗 추워! 이거야 원, 나중에 어디 인적 없는 곳으로 도망가서 살까…….'

짧은 순간 헛된 망상에 젖어 있던 우강이 모여든 인파들의 놀란 외침에 눈을 번쩍 떴다.

"와아아……."

"신선이 출현했다……!"

좀 특이한 모자를 쓴 3인이 모여든 사람들의 머리 위를 날아서 전각으로 향해 오고 있었다. 우강의 얼굴 표정이 점점 환해지며 그들에게 열렬히 손을 흔들었다.

이를 본 우강의 일행들이 자진해서 옆으로 비켜섰다.

그러자 그들이 일체의 소음도 없이 사뿐하게 우강 옆으로 내려앉았다.

우강은 그들의 손을 일일이 잡으며 반가움을 표시했다.

"어서 오십시오. 어르신들! 신수가 훤해지셨습니다. 하하하."

그러자 황호청이 자신이 모자를 매만지며 입을 열었다.

"하하, 장 어사! 저들이 모두 내 제자가 될 자들인가! 저들 모두를 소매치기로 만들면 볼 만하겠어. 안 그런가? 장 어사!"

그러자 우강이 눈을 흘기며 말했다.

"어르신. 그러면 제가 묘지선자님께 다 이를 겁니다. 지난번 제가 부탁했던 일을 말이죠……."

그러자 그가 맹렬히 손을 흔들었다.

"하하! 장 어사, 왜 그러시나, 농담이네……. 농담!"

우강은 삽시간에 꼬리를 내리는 그를 보며 웃음을 참기 어려웠다.

"하하하. 그런데 어르신들, 그 기괴한 모자는 뭔가요?"

그러자 옆에 있던 능해강이 웃음 띤 얼굴로 농을 건넸다.

"장 어사! 우리가 장 어사 덕에 무림교관으로 감투를 썼으니 이 감투를 쓰는 것은 당연한 것 아닌가……! 하하하."

그때, 갑자기 감치가 불쑥 끼어들어 인면피구를 벗고는 요지무에게 꾸벅 인사를 했다.

그러자 다들 그 모습에 의아한 표정을 지었다.

특히나 우강은 고개를 더욱 갸웃거렸다.

'왜, 저러지…….'

그사이 감치가 고개를 들더니 환한 웃음을 머금고 입을 열었다.

"오랜만입니다. 요 할아버님! 무덤에 계시지 않고, 참 오래도 사십니다. 하하."

요지무가 눈을 비비더니 감치 가까이로 다가갔다. 그러다 한참 후 껄껄 웃기 시작했다.

“컬컬컬. 하! 난 웬 놈이 ‘나를 아는 척하나!’ 했더니 그 미친 칼잡이의 코흘리개 손자놈이구나! 근데 월령문은 어찌하고 네놈이 여기에 있는 거냐. 설마 나처럼 문파를 통째로 말아먹은 것이더냐?”

그러자 감치가 천진한 모습으로 손을 흔들었다.

“에이. 전 누구처럼 여자에 홀딱 빠져 문파를 날려버리지는 않는답니다. 그럴 시간도 없고요. 헤헤.”

“하! 요놈 봐라! 머리가 컸다고 날 훈계하려 드네. 그래 네놈은 결혼도 안 하고 아직 혼자더냐, 그런 소리를 하는 걸 보니…….”

감치가 고개를 저었다.

“아니죠. 전 제 부하랑 결혼했습니다. 자식도 둘 낳았고요. 지금은 모두 제 부하들입니다.”

요지무가 고개를 휘휘 저으며 혀를 끌끌 찼다.

“쯧쯧, 이런 미친놈을 봤나! 하는 짓이 네 할애비와 똑같구나! 그건 그렇고, 네놈이 왜 여기에 있는지 자초지종을 좀 들어봐야겠는데…….”

그러자 우강이 그들 사이로 빠르게 파고들었다.

“잠깐만요, 어르신들! 이따 저녁에 최고급 연회가 준비되어 있으니 그때 이야기보따리 풀어보시지요. 지금은 현판식도 거행해야 하고, 학원에 등록하려는 이들을 하나하나 심사해야 한다고요.”

"……."

"아! 세 분 어르신들! 그거 아시죠! 저희는 무에서 유를 창조하는 겁니다. 인성이 나쁜 자들은 당연히 걸러내겠지만 무공 재질이 안 좋다고 거부하지 않는답니다. 하니, 재질이 좋지 않은 이들도 훌륭한 무인으로 키워내는 게 어르신들의 본분이라는 걸 잊지 마셨으면 합니다."

그러자 요지무가 고개를 '휙' 우강에게 돌렸다.

"이봐, 장 어사! 그 전에, 자네가 먼저 재주를 보여줘야 할 걸세. 그렇지 않으면 우리를 움직이기 힘들 거야……."

우강이 답을 하려 하자 제갈용성이 우강을 밀치고 앞으로 나왔다.

'이런! 저 자식이……!'

우강에가 손을 흔든 제갈용성이 세 사람을 향해 머리를 숙였다.

"안녕하세요. 저는 제갈용성이라 합니다. 어사님을 대신해서 제가 그 일을 하면 안 되겠습니까?"

제갈용성은 우강이 자신에게 하라고 한 일을 취소할까 봐서 급하게 나선 거였다.

만약 우강이 그리한다면 자신이 신나게 매타작을 할 수 없었다. 기혈강화를 명목으로…….

요지무가 제갈용성을 요모조모 뜯어보기 시작했다.

'요놈 봐라! 좀 특이한 놈일세…….'

"그래 좋다. 네 녀석이 그리한다면, 내가 인정하지……."

그러자 제갈용성이 신나 떠벌리기 시작했다.

"감사합니다. 어르신들. 그런데요. 제가 진법을 보조로 사용하려 하는데, 괜찮지요?"

"……."

우강도 처음 듣는 소리라 제갈용성의 말에 귀를 기울였다.

'허! 저놈이 무슨 일을 벌이려고 저러는 건지…….'

"다름이 아니라 주변에 곡소리가 나면 잠들을 못 주무실 것 같아서, 소리가 밖으로 새어 나오지 않도록 진을 설치하려고요. 대라만상진에서 영감을 얻었어요. 헤헤."

그러자 그들 3인이 놀라 동시에 입을 열었다.

"뭐라! 귀곡의 대라만상진……!"

우강은 급히 제갈용성의 입을 틀어막았다.

"어르신들, 이 문제는 요지선자께서 오셔야 말씀드릴 수 있을 것 같군요. 그분과 관련이 있는 문제라서요."

그때였다. 우강의 말이 끝나기가 무섭게, 아름다운 여인의 웃음소리가 들리기 시작했다.

"호호호……."

우강은 반사적으로 고개를 돌렸다. 그러자 저 멀리서 한

점으로 보이던 신형이 점점 커지더니, 어느샌가 중원 최고의 미녀로 탈바꿈해 우강 앞에 나타났다.

경천동지의 표홀한 경공에 우강의 입이 저절로 벌어졌다. 하지만 그것도 잠시, 우강은 짙은 의문에 휩싸였다.

'아니! 저 신위는 흡사 그녀가 다시 요녀로 돌아온 것 같구나! 도대체 무슨 일이 있었던 거지…….'

요지선자 왕소빈은 주변을 의식하지 않고 오직 우강의 눈만을 주시하며 공중에 떠서 천상의 음률 같은 옥음을 내뱉었다.

"호호. 장 어사님. 놀랐지요. 저도 놀랐답니다. 요기가 사라진 줄 알았는데, 요기의 정화만 사라지고 그 기운들은 고스란히 제 몸속에 남아 있었어요. 제가 선천순음지체라 그런가 봐요."

"……."

"쉽게 말해 제 몸속의 순음의 기운이 하단전이 파괴되자 허공으로 사라지려는 요기를 다시 빨아들인 거죠. 근데 워낙 요기의 기운이 강해 그걸 흡수하느라 시간이 걸렸답니다. 물론 저는 그동안 제 몸에서 무슨 일이 일어나는지를 전혀 몰랐고요."

"……."

"어사님이 떠나고 나서야 그 기운들을 느낄 수 있었어요. 당시에는 제가 혹 '세상을 파멸시키려는 요녀로 또다시 변하는 것은 아닌지!' 하며 무섭고 괴로워했어요. 근데 시간이 흐르자 그건 기우였습니다. 대신 그 덕에 저는 무한공능(無限功能)을 얻게 되었고요. 호호."

우강은 그녀가 직접적인 언급은 삼갔지만 자신이 최고라고 웅변하는 것 같았다.

'허! 저 성격이 원래의 성격인가 보군, 자신감이 넘치는……. 하긴 그녀는 묘강 출신이지. 중원의 관습과는 거리가 먼…….'

요지무, 능해강, 황호청 이들 세 사람은 그녀를 훔쳐보기 바빴지만 그녀는 여전히 눈길 한번 주지 않았다. 기억은 있으나 그들에게 감정이 일어나지 않았기 때문이었다.

그때, 문송이 그녀를 향해 도호를 외며 물었다.

"무량수불! 저는 무당의 문송이라 합니다. 제가 알기로는 선천순음지체와 천상요기지체는 동일한 뜻으로 알고 있습니다만……."

그녀가 미소를 내보이다 급기야는 환하게 웃었다.

"호호호……."

하나, 그녀의 웃음에서 우강은 그 어떤 요기스러움은 찾을 수 없었다. 그렇지만 문송은 계속 진탕된 마음을 가라앉히느라 계속 도호를 외우고 있었다.

"무당의 진인이시군요. 맞습니다. 하나! 틀렸습니다. 선천순음지체는 대략 만 명에 한 번 꼴로 저희 동족에게서만 태어나는 희귀 지체랍니다. 근데 그게 중원의 사가들이 천상요기지체와 병행해서 기록했더라고요. 제가 말씀드리고 싶은 것은 사고의 기준점이 다르다는 것이죠."

"그렇습니까."

"저희 치우 천황의 후예들은 중원 예법을 따르지 않는답니다. 호호! 뭐, 제 모습이 음탕한 요부로 보인다면 그건 할 수 없지요. 제가 관여할 수 있는 것은 아니니까요."

말을 마친 그녀가 그제야 지면으로 내려왔다.

곧이어 그녀는 팔을 벌려 힘차게 우강과 포옹했다.

주변의 시선과 질투가 우강에게 막 쏟아지는 순간에 멀리서 힘찬 말발굽소리가 들려오기 시작했다.

거침없이 달려오는 그들의 선두에서 커다란 깃발을 뒤흔드는 자가 입을 벌렸다. 곧이어 귀청이 떨어질 것 같은 우렁찬 목소리가 지축을 흔들었다. 그의 깃발에는 '중원 최고 무인병'이라는 글귀가 아로새겨져 있었다.

"어사님! 저희가 왔습니다."

바로 어사단 3단주 이개익의 목소리였다. 그는 여전히 활달하고 씩씩했다. 우강은 오랜만의 반가운 음성에 눈물이 고이기 시작했다.

'하! 드디어 저들이 오는구나! 오늘이 무슨 날인가 보네, 사람들이 내게 모이는……'

혈투를 벌이다

몇 주가 순식간에 흘렀다. 무림학원도 순조로웠고, 유료 대련장도 대기자가 한 달 이상을 기다려야 할 정도로 성황이었다.

모든 게 계획 이상으로 잘 진척되자 우강의 얼굴에는 웃음꽃이 끊이지 않았다.

오늘도 일행들과 점심을 맛있게 먹고 싱글벙글하던 우강이 파란 하늘에서 거대한 매 한 마리가 나타나자 표정이 딱딱하게 굳어갔다.

'아니! 저건 전서응 아닌가! 정화 태감이 부리는…….'

전서응이 우강의 머리를 지나 정확히 금여울의 어깨에

안착하자 우강은 급히 금여울 곁으로 발걸음을 옮겼다.

'분명 뭔 일이 있어! 정화 태감이 지금 한참 전쟁 중인 북방에 있는 거로 알고 있는데……. 아주 다급한 일이 생긴 게 분명해…….'

금여울은 급히 전서응이 전해준 암문을 보더니 얼굴이 창백해졌다.

그녀는 다가오는 우강에게 손짓을 하며 한적한 장소로 이동했다.

다른 일행들이 멀뚱멀뚱 쳐다보는 가운데, 우강과 그녀는 밀담을 나누기 시작했다.

"어사님. 큰일 났어요. 저희가 우려한 대로 강시가 출현했습니다. 몽골병 복장을 한……."

우강은 올 것이 왔다는 생각에 눈을 지그시 감았다가, 다시 눈을 떴다.

"좀 더 자세히 말해보시오."

"네. 강시들이 접경지역에서 이동해서 파죽지세로 감숙으로 향하고 있다고 합니다. 몽골병 5천의 기마대가 몇 시진도 안 되어 박살이 나고, 대명의 군사 3천도 희생되었다고 합니다. 처음엔 몽골이나 대명의 군사들은 그저 몽골 병사일 거니 생각했다가, 그들에게 삽시간에 당했답니다."

"……."

"숫자는 대략 삼천 안팎이라고 합니다. 긴급히 화포와 군사를 동원할 동안 어사님이 선발대로 가셔서 그들의 남하를 저지해달라는 간곡한 청입니다."

우강은 의아해서 다시 물었다.

"명령이 아니고, 부탁이라고……."

금여울은 고개를 끄떡였다.

"네. 제 생각은 황제 폐하나 태감께서 어사님에게 대단히 미안한 것 같아요. 이는 그만큼 이일이 어렵고 위험한 일이라는 방증이겠지요. 어사님."

우강은 그녀의 말에 가타부타 반응하지 않았다.

어쨌든 일은 터진 것이고, 빨리 수습하는 게 먼저라 생각했다.

"음. 일행들을 모아주시오."

"네. 그리하겠습니다."

하나, 금여울이 열심히 발을 놀릴 필요가 없었다.

한자리에서 점심을 같이 먹은 일행들이 모두 가까이 있었기 때문이었다.

그들도 뭔가 심상치 않은 일이 돌아가고 있음을 직감하고 있었다.

우강은 모인 그들에게 자초지종을 설명하고 조를 나누기로 했다. 떠날 자와 남을 자를…….

갑론을박 끝에 결국 임시주술진의 혜택을 본 이들만 데

려가기로 했다.

특히나 어사대의 무림병들이 아쉬워했다.

그들은 무림병들이라 우강이 사사로이 임시주술진을 펼쳐 그들의 내공을 늘려줄 수가 없었다.

항시 일이 터질 것을 대비했기에 떠날 준비에 그다지 시간이 소비되지 않았다.

다음 날 아침에 연무장 앞에서 일행들이 모였다.

우강은 천외천의 기인들인 왕소빈, 요지무, 황호청, 능해강과 차례로 눈을 맞추었다.

"어르신들, 여기 잘 부탁합니다. 너무 노시지만 마시고……."

그러자 왕소빈이 우강에게 한쪽 눈을 깜빡거렸다.

"걱정하지 마세요. 어사님. 제가 알아서 하겠습니다."

우강은 미소 지었다. 나머지 기인들이 그녀에게 쩔쩔매는 걸 잘 알고 있었기 때문이었다.

"네, 그럼 묘지 선자님만 믿겠습니다."

우강은 다시 눈길을 어사단에게 주었다. 그들 모두 불만이 가득한 표정들이었다.

"여러분, 너무 섭섭히 생각지 마시오. 기회는 많으니까……."

입이 댓발로 나온 이개익이 우강의 말을 받았다.

"다음에 살수들을 토벌할 때는 제가 꼭 선봉으로 설 테니

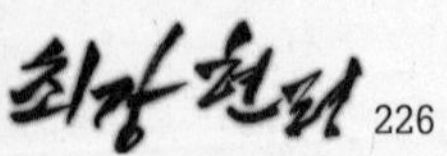

그리 아십시오."

"하하. 약속하겠소."

우강이 떠나자마자 곳곳에서 움직임이 일어났다.

그만큼 우강은 중원 무림의 관심 대상이 된 지 오래였다.

하나, 어느 누구도 그의 목적지를 몰라 애를 태우고 있었다.

우강과 그 일행들이 황산 깊은 산속으로 들어가서는, 하늘로 솟았는지 땅으로 꺼졌는지 종적이 묘연했기 때문이었다.

소식을 들은 전 마교 교주 임도겸은 직접 우강의 추적에 나섰다.

그는 자신이 나서지 않고는 행방을 파악하기 쉽지 않다고 생각했다.

그가 나선 진짜 이유는 우강의 위치를 빙백문에 알려주어 적당한 곳에서 그 두 세력을 상잔시키려 함이었다.

한편 무림맹과 사도련에서도 우강의 급작스러운 이동에 촉각을 곤두세웠다.

무림맹과 사도련에서도 추격에 능한 자와 최고의 고수들을 꾸려 우강의 뒤를 밟기로 했다.

우강이 움직이는 곳에서 늘 평지풍파가 일어났음을 알기에 이번에야말로 그들의 눈으로 직접 살피고, 무림의 일이라면 직접 개입하려 한 거였다.

우강의 동의와 상관없이…….

이러한 무림맹과 사도련의 결정은 무림의 당당한 양대 축으로서의 권위를 되찾으려는 포석이 짙게 깔려 있었다.

한편, 급하게 이동한 탓에 여러 변수를 살피지 못한 우강은 이동 중에 일행들과 의견을 나누기로 했다.

이는 군사인 제갈청영의 청이 강하게 작용했다.

우강과 일행들은 이름 모를 깊은 산속의 공터에서 모였다.

그들의 짐이 평상시보다 다섯 배가 많았는데, 이는 모두 화탄을 짊어지고 있는 탓이었다.

우강이 좌중을 돌아보며 말문을 열었다.

"자, 자유롭게 의견을 개진해주십시오. 어떤 말이라도 상관없으니……."

우문해가 손을 번쩍 들었다.

우강은 그녀의 등을 꾹꾹 찌르고 있는 단홍도와 안상영을 보며 슬며시 웃음을 머금었다.

"어사님! 저희가 아무리 정예라고는 하지만 강시들의 숫자가 너무 많은데, 저희 단독으로 그들을 막을 수 있을까요. 물론 화탄이 있다고는 하지만……."

우강은 낭인 3인방이 부적술의 위력을 믿지 못한다고 생각했다.

"허허, 우 소저가 부적술의 위력을 보지 못해 그러는 모양입니다. 내가 최대한 그들의 숫자를 줄일 테니, 그 사이 나머지 분들은 과거에서 온 두 괴물을 상대해주셔야 할 것 같습니다. 그들이 지금 얼마나 강해져 있는지 상상이 가지 않으니 모두 힘을 합쳐야 할 겁니다."

그러자 양무웅이 손을 들었다.

"저는 어사님이 그럴 거라 짐작했습니다만, 그래도 무림맹이나 사도련을 끌어들여야 한다고 생각합니다. 그들도 엄연히 무림의 한 축이니까요."

그러자 이번에는 문송이 대화에 끼어들었다.

"허허. 어사님. 저도 어쨌든 무당파 출신입니다. 군사와 부 군사는 제갈세가 출신이고……. 어사님이 저희의 사정을 헤아려 주셨으면 합니다."

우강은 무슨 말인지 알아들었다.

"알겠습니다. 사실 개인적으로 무림맹과 사도련을 못마땅하게 생각한 것은 맞지만 그들이 어이없게 희생당할까 봐 알리지 않은 측면도 있습니다. 나머지 분들의 의견을 물어보고 결정하도록 하지요."

우강이 다른 이들의 생각을 묻자 전원일치였다.

마지막으로 구석에 조용히 자리하고 있는 감치에게도 의견을 구하고자 했다.

"감 문주님은 어찌 생각하시는지요?"

"허허. 장 어사! 난 조용히 있고 싶었는데 내게도 발언권을 주니 한마디 해야겠소이다. 장 어사! 무림인들의 숙명을 다시 한번 생각해 보시오! 일단 그들이 무림에 발을 들여놓은 이상, 그들은 언제든지 싸우다 죽을 수 있는 존재들이오."

"……."

"내 말은 그들 목숨을 장 어사가 걱정할 필요가 전혀 없다는 말이외다. 그들이 싸우다 죽는 건 그들 실력이 모자라서 죽는 것일 뿐, 그 이상도 그 이하도 아니오. 사실 무림맹이나 사도련은 좀 충격을 받아야 하오. 나약한 정신상태로는 지금 당장 마교와 싸워도 절대 이길 수 없소이다."

"……."

"음, 그리고 한마디를 더 보탠다면 장 어사가 그 천외천의 고수 분들이나 무림 병들도 그리 남겨두고 오면 안 되는 일이었소. 내 생각에는 그들도 모조리 소환하는 게 좋을 듯하오. 요지무 어르신이 내게 그런 이야기를 하더이다. 몸이 근질근질하다고 말이오."

우강은 감치의 이야기를 들으며 다른 이들의 표정을 살폈다.

모두 고개를 끄떡이는 모습이었다.

'이것 참, 조용히 일을 처리하고 싶었는데. 그렇다면 이참에 마교도들도 끌어들여 볼까. 어차피 그들 귀에도 들어갈 테니 아예 정정당당히 모습을 보이라고 해야겠다. 그래, 판을 키우자.'

우강이 감치를 바라보았다.

"감 문주님, 지금 마교와 연락이 가능하시죠?"

"허허! 장 어사가 큰 결심을 한 모양이오. 진작 그리 했어야지. 내가 연락하겠소. 안 오면 내가 겁쟁이라고 소문을 내버리겠소이다. 하하."

"……."

다른 일행들이 감치의 말에 숨죽여 집중하기 시작했다.

정사파와 마교가 힘을 합치는 초유의 장면을 기대하니 벌써부터 가슴이 설렌 것이다.

"마교 원로원 원주가 바보가 아니라면 달려올 것이오. 싸울 멍석을 깔아주는데 안 올 리가 없소이다. 음지에서 양지로 나설 수 있는 길이 열리는 것이니 죽기 살기로 달려올 것이오. 신강제일문이야 감숙에 터를 잡고 있으니 연락할 필요가 없을 것 같고……."

이렇게 급작스럽게 상황이 변했다.

하여, 우강이 처음 염두에 두었던 작전도 수정이 불가피했다.

우강은 정사파와 마교가 도착하기 전까지 최대한 시간을 끌기로 한 것이다.

강시들의 발을 묶어두는 것으로…….

우강과 일행들은 하남, 섬서를 지나 어느덧 감숙에 도착했다.

잠을 줄여가며 산속 지름길로 이동한 엄청난 강행군이었다.

감숙에 도착하자마자 사전 연락이 된 공동파의 도인들이 우강을 맞이하러 왔다.

우강은 제갈청영에게 들은 공동파 무인들을 특징을 머릿속에 떠올랐다.

'그렇군, 누님의 말처럼 저들 도복의 색깔이 아주 짙은 검은색이구나. 저들의 8인 합격진이 무림의 일절이라지. 관혼팔담진이라는…….'

그들 중 가장 가운데 서 있는 이가 우강을 보며 깊숙이 고개를 숙였다.

"어서 오십시오 장 어사님. 공동의 장문인 명성자입니다."

우강과 일행들은 공동파 장문인이 이렇게까지 깍듯하게 예의를 다할 줄 몰랐다.

우강은 답례를 한 후에 그를 바라보았다.

"장문인께서 직접 저희를 맞이해주시니 큰 영광입니다."

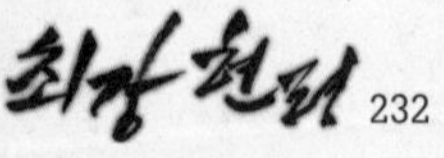

"아닙니다. 불원천리, 이리 멀리까지 오셨는데 이 정도는 약과지요. 저희가 가까운 객잔에 자리를 마련했으니, 같이 가시지요."

우강은 풍전등화에 처한 공동파의 현실을 생각하니 그가 저리 나오는 게 이해가 갔다.

다만 평상시에도 자신에게 살갑게 대할지는 회의적이었다.

우강은 객잔에 가면서 그에게 물었다.

"그래? 강시들은 감숙에 들어왔습니까?"

그가 고개를 끄떡였다.

"허허. 장 어사님, 사실 저희는 그저 우물 안 개구리였습니다. 신강제일문이 감숙에 터를 잡은 것도 모르고 있다가 지금 그들의 덕을 톡톡히 보고 있습니다. 그들이 강시들의 약점을 이용해 귀곡문의 남진을 막고 있습니다."

우강은 의외의 말에 다소 놀랐다.

신강제일문이 그들과 맞부딪쳤다는 것은 전혀 상상하지 못했다.

"강시들의 약점이라는 게 뭔가요?"

우강은 알면서도 넌지시 물어보았다.

"그건 강시들이 경공을 못한다는 것이죠. 해서 신강제일문은 지형지물과 빠른 경공을 이용해서 치고 빠지기를 반복하고 있다고 합니다. 정찰을 보낸 저희 제자 삼십을 잃고 얻은 귀중한 정보이지요. 허허."

그는 이야기 말미에 씁쓸한 표정을 지었다.

"허어, 그렇다면 저희도 서둘러야겠군요. 언제 신강제일문이 무너질지 모르니……."

명성자는 고개를 끄떡였다.

"네, 사실 그렇습니다만, 그래도 하루 정도는 푹 쉬는 게……."

우강은 단호하게 고개를 저었다.

"아닙니다. 바로 전황이 벌어지고 있는 곳으로 달려가겠습니다."

"그래도 좀 쉬었다가……."

우강은 손을 흔들었다.

"아닙니다. 바로 가겠습니다."

우강이 가고자 하는 곳은 맥적산이었다.

우강은 그길로 공동파의 장문인을 뒤로하고 부지런히 발걸음을 옮겼다.

사흘이 지나 선인애가 일행들의 눈에 들어오기 시작했다.

맥적산에 도착한 것이었다.

한편 그 시각, 신강제일문의 문주 나문각은 가슴에 피가 배어 있는 붕대를 두르고 기진맥진해 있었다.

나문각은 그를 보필하고 있는 소문주 나전봉을 바라보았다.

나전봉은 소문주로 내정되었던 나전강이 죽고 새로이 소문주를 차지한 인물이었다.

"그래. 밖의 전황은 어떠하냐?"

나전봉이 우물쭈물했다. 그러자 나문각이 화를 벌컥 내었다.

"빨리 말하지 못해!"

"네네. 아버님."

"강시들은 화탄으로 산을 무너트려 막고는 있는데, 문제는 곽가인지 강가인지 하는 그 두 놈 때문에 원로원고수 다섯이 숭고한 희생을 했습니다. 폭렬공으로 말이지요."

나문각은 한숨을 푹 내쉬며 말했다.

"그래도 그들을 어쩌지는 못했겠지?"

"죄송합니다. 그들을 죽이지 못했습니다. 그저 잠시 발걸음을 멈추게 했을 뿐입니다."

"내일 내가 나머지 원로원 고수 다섯과 나서겠다."

그러자 나전봉이 손을 흔들었다.

"안 됩니다. 아버님! 차라리 지금이라도 후퇴하시지요."

"네놈이 지금 나보고 비겁자가 되라는 소리냐! 이천의 부하를 잃고 더 어딜 도망가라는 말이냐. 옥쇄하더라고 여기서 죽을 것이니 너도 그리 알고 마음의 준비를 해라…….”

한편 그 시각 우강은 강시들의 기괴한 울부짖음을 듣고 인상을 찌푸렸다.

‘이런, 저 듣기 싫은 소리를 또 듣게 되었구나…….’

처음 듣는 이들도 있었지만 우강과 함께 운남에 갔던 이들은 저 목소리를 생생히 떠올릴 수 있었다.

그래도 비교적 덤덤한 제갈용성이 턱을 매만지다가 우강을 바라보았다.

“장 어사님, 신강제일문이 제법 대단한데요. 화탄으로 양 봉우리를 터트려 길목을 막았습니다.”

“그런 것 같구나. 신강제일문에도 화탄이 있었다니…….”

“뭐, 그게 저희만 가지고 있으란 법은 없으니까요.”

“그래…….”

그들은 산등성이를 타고 계속 걸어갔다.

강시들의 반대편에서 우강과 일행들이 오자 화들짝 놀란 신강제일문의 무사들이 잔뜩 경계를 한 채 저마다 무기들을 꼬나 쥐었다.

‘허어, 저 복장은 눈에 익군…….’

우강은 그들에게 소리쳤다.

"나! 장우강이다. 누가 책임자인가?"

신강제일문의 무사들이 술렁이기 시작했다.

그들은 꿈에도 장우강이 나타날지는 몰랐다.

전혀 의외의 인물이 절박한 순간 나타난 것이다.

좀 전까지 문주와 대화하던 소문주 나전봉이 나섰다. 얼굴에 의문이 가득한 채로…….

"소문주 나전강입니다. 어사님께서 오실지는 몰랐습니다."

"나전봉 소문주! 우리는 강시들이 감숙으로 몰려온다는 소식에 이리 온 것이오. 강한 적을 앞에 두고 그대들과 드잡이하고 싶지는 않소이다. 문주와 일대일로 대화하고 싶은데……."

소문주 나전강은 크게 반색했다.

사실 문주에게 여차하면 여기서 뼈를 묻자는 소리까지 들은 터라, 이것저것 가릴 형편이 아니었다.

'그래, 지금은 적이 아니니까……. 빨리 아버님께 알려야겠다.'

"장 어사님, 문주님이 부상을 입은 터라 거동이 불편하십니다. 송구하지만 저를 따라오시는 게……."

"그럽시다."

우강은 일행들을 두고 태연하게 소문주 나전강과 같이 걸었다.

한데 감치가 뒤따라왔다.

"하하, 대장이 적진에 홀로 가면 쓰나! 내가 호위라도 해야지……."

감치의 내심은 신강제일문의 문주를 만나고 싶었다.

마교에서도 오랫동안 주시한 인물이기에 감치는 본인의 눈으로 신비에 싸인 인물을 확인하고 싶었다.

소문주 나전강의 난감한 기색이 스쳐 지나갔다. 그러자 우강이 재빨리 입을 열었다.

"내가 저분을 보증하겠소. 그러니 걱정하지 마시오."

그렇게 세 사람이 신강제일문의 진영 속으로 걸어 들어갔다.

곳곳에 눈이 충혈되고 행색이 말이 아닌 자들이 우강과 감치를 잔뜩 주시하고 있었다.

'음! 악전고투한 얼굴들이군…….'

미리 기별을 받은 듯 문주가 누추한 천막 안 탁자에서 기다리고 있었다.

그사이 새 붕대로 몸을 감싼 그가 우강을 보자마자 자리에서 일어났다.

갸름한 얼굴에 날렵한 턱선을 가진 그가 전혀 무인다워 보이지 않아 의외였다.

'허! 삼두육비의 괴물은 아닐지라도 꽤 사납고, 강인한 인물일 줄 알았는데…….'

"허허허, 장 어사! 어서 오시오."

"반갑습니다. 문주님."

"아, 인사하지지요, 월령문의 문주이십니다."

그러자 나 문주의 얼굴에서 한줄기 놀라움이 스쳐 지나갔다.

"하! 검밖에 모른다는 신교의 이단자가 여기는 웬일이오?"

"반갑소, 마교는 탈퇴했소. 무공을 대성하지 못할 것 같아서……."

짧게 인사를 마친 그들은 한동안 서로를 주시했다.

먼저 말을 꺼낸 건 문주 나문각이었다.

그의 눈빛이 우강에게 향했다.

"귀곡문을 아시오? 그리고 그들의 정체도……."

많은 의미가 함축된 질문이었다. 우강은 순간 머리를 굴렸다.

자초지종을 다 이야기하자면 그의 아들을 죽음으로 내몬 사실까지도 말해야 했다.

'아니지, 그런 껄끄러운 말을 내 입으로 올릴 필요는 없지. 저자가 과거에서 온 자와 말을 섞었다 한들 그 이야기는 듣지 못했을 것이니…….'

우강은 고개를 끄떡이며 입을 열었다.

"그보다 먼저, 제가 여기 온 이유를 말하는 게 순서일 것 같군요. 저는 나라의 명을 받고 왔습니다. 저들의 남하를 막으라고요."

나문각은 태연히 고개를 끄떡이고 있었지만 머릿속이 복잡했다.

지금 상황이 문파의 존망과도 직결된 터라 우강과 제대로 담판을 지어야 했다.

그가 염두를 굴리는 사이 우강의 말이 그의 귓전을 울렸다.

"음. 그리고 강시대법술을 회생한 자들을 똑똑히 잘 알고 있지요. 그들 중 우두머리와는 눈빛까지 교환했으니까요."

나문각은 그럴 거로 생각했다. 확인한 것은 아니지만 그의 직감이 그렇게 알려주고 있었다.

나문각은 눈을 감았다가 다시 떴다. 강렬한 안광이 우강에게 뻗어왔다.

"단도직입적으로 묻겠습니다. 저희를 어찌할 생각이신지……."

우강은 그를 정면으로 바라보며 일체의 망설임 없이 대답했다.

"간단합니다."

"무엇입니까?"

"향후 100년 동안 정파처럼 행동하시면 됩니다."

"약속합니다."

그들은 대화하며 서로의 눈을 계속 보고 있었다. 눈은 마음의 창이었으니…….

그리고 가장 중요한 난제를 넘어섰으니 그다음은 거칠 것이 없었다.

우강은 돌아와 일행들에게 이야기를 들려주고 작전을 숙고하기 시작했다.

우선은 그들 발을 묶는 것이 급선무라. 이야기의 초점은 그것에 맞추어졌다.

제갈청영이 자신이 만든 계획을 말했다.

"그러니까 그놈들의 퇴로를 봉쇄하기 위해선 가장 중요한 것이 남아 있어요. 그들이 지나온 협곡에 화탄을 설치하는 것이죠. 한데, 문제는 그렇게 하려면 과거에서 온 괴물을 우리 편에서 막아주어야겠지요."

제갈청영은 말을 하면서 눈은 계속 우강을 향했다.

우강은 피씩 웃으며 답을 내놓았다.

"내가 한 사람을 막고, 나머지 한 명은 두 분 문주님이 맡을 겁니다."

제갈청영이 눈을 동그랗게 뜨고 우강을 바라보았다.

"어머. 벌써 그렇게 이야기가 오간 건가요?"

"그건 아닙니다만 좀 전에 그 둘을 누가 대적할 것이냐를 두고, 문주님 두 분과 허심탄회하게 이야기를 나누었지요."

제갈청영은 밝은 미소를 지으며 말했다.

"죄송해요. 기회는 두 번 다시 오지 않을 거라서……. 그 놈들이 어사님이 온 것을 알면 협곡에서 철수하려 할 것이 분명해요. 하니 그들이 방심한 틈을 타서 일을 진행하려면, 어사님과 두 분 문주님의 힘을 빌릴 수밖에 없었어요."

"……."

"자, 그럼 시작하죠."

제갈청영이 말이 끝나자마자 일행들은 부산하게 움직이기 시작했다.

양쪽 산을 따라 한쪽은 우강이, 다른 쪽은 감치와 나문각이 지휘하며 은밀하게 산등성이를 넘어가기 시작했다.

당연 목적은 화탄을 설치하고 산의 일각을 무너뜨려 협곡을 봉쇄함에 있었다.

우강의 일행들은 진영에 남아 있는 예비요원을 제하고는 모두 우강을 따라 움직이고, 감치와 나문각의 정예 수하들은 그들의 문주를 따라 이동했다.

반 시진이 지나갔다.

우강 옆에서 주변을 살피던 제갈용성이 손가락으로 우뚝 솟아 있는 큰 바위를 가리켰다.

“형님. 저곳 주변에다 화탄을 설치할게요. 반대편의 능선에서 그리 연락하겠습니다.”

“알았다. 그렇게 하자. 대신 언제 적들이 나타날지 모르니 신속히 해야 한다.”

“염려 마세요.”

우강은 일이 너무 순조롭게 진행되자 오히려 마음이 불안해졌다.

‘음, 왠지 일이 너무 술술 잘 풀리는 것 같은데…….’

우강이 주변을 경계하는 동안 나머지 일행들은 화탄을 설치하기 바빴다.

시간이 흘러, 흙 속에 화탄을 깊숙이 묻은 그들은 마지막으로 심지에 불을 붙이는 작업에 돌입하고 있었다.

바로 그 순간, 우강이 다급히 일행들에게 외쳤다.

“빨리 불을 붙이고 무조건 철수하시오. 엄청난 적이 다가오고 있소이다!”

우강이 느낀 적의 존재감은 실로 대단하였다.

그의 가슴이 찌르릉 울릴 정도로…….

‘음. 방심하면 골로 가겠구나…….’

우강은 먼저 선공하기로 했다.

우선은 적이 가까이 오지 못하도록 막는 것이 급선무라 판단한 거였다.

우강은 곧바로 자신의 기검을 날렸다.

검은 일직선으로 허공에 둥둥 떠서 날아오는 적을 향해 날아갔다. 빗살처럼…….

우강의 검이 적의 가슴을 강타한 순간, 엄청난 굉음이 주변으로 퍼져나갔다.

꽈아앙.

한데, 우강의 기검이 적의 심장을 찔러 들어갔건만 느끼는 감각은 그게 아니었다.

우강은 당황하기 시작했다.

'응, 이건 아닌데…….'

우강은 자신의 이기어검이 마치 거대한 철벽에 부딪힌 느낌이 들었다.

우강의 기검이 튕겨 나와 적의 주변을 빙빙 돌 때, 적의 강렬하고도 창로한 음성이 먼 거리를 격해 우강의 귓전으로 파고들었다.

"하하하! 가소롭구나! 그깟 어린아이 장난감으로 나를 욕보이려 하다니……."

곧바로 그가 허공을 향해 자신의 소맷자락을 휘둘렀다.

그러자 난데없이 거대한 바람이 불어와 우강의 기검을 순식간에 날려버렸다.

휘이잉…….

우강은 기겁했다.

자신이 조정하던 기검이 속절없이 밀려나더니 공중에서

추락했기 때문이었다.

검과 연결되어 있던 그의 기운이 미증유의 바람에 어이없이 끊겨버린 순간이었다.

'안 돼! 내 검!'

우강은 급히 신형을 띄워 검을 찾으러 나섰다.

그러자 적이 비릿하게 웃었다.

"끌끌, 어리석은 놈! 모닥불에 뛰어든 불나방이 따로 없구나! 내가 파 놓은 함정에 걸려들다니……!"

한 마리의 비조처럼 날아간 우강이 공중에서 간신히 기검을 손에 쥔 순간, 발밑에서 엄청난 칼바람이 휘몰아쳐 왔다.

낌새를 느낀 우강은 그 자리를 벗어나려 신속히 신형을 움직였다.

하나, 바람의 사정권에서 벗어나지 못하고 속절없이 휘말려 공중으로 말려 올라갔다.

'억! 내가 바람에 휩쓸리다니, 말도 안 돼!'

우강은 있는 힘을 다해 바람에서 벗어나가 위해 발버둥질을 했다.

하나 우강의 노력에도 아랑곳없이 우강의 신형은 회오리처럼 빙빙 도는 바람의 중심부로 급격히 빨려들어가기 시작했다.

'으악! 내 몸이 말을 듣지 않아!'

이미 그의 의복은 갈기갈기 찢어져 나풀거리고, 피부가 갈라질 듯 따끔거린지 오래였다.

한데, 그가 다가 아니었다.

숨을 쉴 수가 없었다. 회오리바람 속은 완벽한 진공이었다.

삶과 죽음의 갈림길에 선 우강이 바람에 휘둘려 갈피를 잡지 못하고 있을 때였다.

정체를 알 수 없는 끈끈한 힘이 우강을 강제로 아래로 잡아당기기 시작했다.

적이 우강을 교란하려고 처음부터 염력을 사용한 거지만 우강은 허둥지둥한 통에 그 사실을 미처 몰랐다.

아래로 곤두박질치던 우강의 신형에 더욱 가속이 붙기 시작했다.

급격하게 아래로 추락하던 우강의 눈이 휘둥그레졌다.

'아니 저건 삼지창!'

세 개로 나뉜 뾰족한 창날이 날카로운 독니를 드러내며 번뜩이고 있었다.

그러던 삼지창이 빙글 회전하며 위로 솟구치기 시작했다.

'으악 큰일 났다. 저게 내 몸이 박혀들면…….'

생각만 해도 끔찍했다. 삼지창의 창날이 자신의 몸통을 관통하면 자신은 저잣거리에 파는 꼬치구이보다도 못한 신세가 될 터였다.

'생각하자……. 그래 염력을 생각 못 했구나…….'

우강은 강력한 염력을 발휘해서 순간적인 위기를 모면하려 했다.

그러려면 삼지창의 창끝이 자신을 빗나가게 만들어야 했다.

우강이 정신을 모았다.

우웅웅…….

그러자 적의 삼지창이 급속히 흔들거리기 시작했다.

두 손으로 잡은 창대가 요동을 치자 적은 경악했다.

'아니! 저놈이 어찌 염력을 구사한단 말인가……!'

약간의 틈새에서 우강은 탈출의 기회를 잡았다.

추락하는 몸을 공중제비 하듯 한 바퀴 돈 후에, 삼지창의 창대를 자신의 검으로 있는 힘껏 후려쳤다.

창은 부러질 듯 휘어지면서도 끝끝내 잘려나가지 않았다.

까아앙…….

순간 엄청난 굉음이 지축을 울렸다.

조금씩 침착함을 되찾은 우강은 자신의 공격에 적이 맥없이 당할 거라고는 생각하지 않았다.

그저 반동으로 적의 사정권을 벗어나면 대만족이었다.

바로 그 순간, 대지를 들썩이는 엄청난 폭발음이 들렸다.

꽈꽈꽝…….

꽈꽈꽝…….

드디어 우강이 고대하던 화탄이 약간의 시차를 두고 차례로 터진 거였다.

협곡을 사이에 둔 양옆의 산등성이가 일시에 무너지며 엄청난 바위 더미와 흙들이 아래로 떨어지기 시작했다.

두두둑……. 두두둑…….

그러자 적은 우강을 노려보다 한 점으로 사라지며 외쳤다.

"네놈! 두고 보자……."

우두커니 사라져가는 적을 바라보던 우강은 입술을 삐죽거렸다.

'제길! 내가 진 거나 다름없군…….'

우강이 자신의 패배를 곱씹으며 천천히 진영으로 돌아갔다.

걱정하던 일행들은 우강이 별 탈 없는 모습을 보이자 환호했다.

"와아아."

우강은 급히 표정을 고치고 그들에게 다가갔다.

그런데 아무리 둘러보아도 감치와 나문각이 보이지 않자 빠르게 말했다.

"두 분 문주님은 어디 가셨소?"

그러자 제갈청영이 손으로 천막을 가리켰다.

"저기서 치료하고 계세요. 약간의 상처를 입으셨거든요. 근데 어사님은 괜찮으신 거죠?"

"나는 괜찮소. 난 두 분께 가보리다."

우강은 그녀의 대답을 기다리지 않고 곧바로 신형을 틀어 천막으로 향했다.

우강은 다급한 마음에 안에다 알리지도 않고, 천막의 휘장을 걷어내고 성큼성큼 들어갔다.

아주 피곤한 얼굴의 두 사람이 가슴에 붕대를 매고 누워 있다가 간이침대에서 벌떡 일어났다.

우강이 미안한 표정을 지으며 먼저 말문을 열었다.

"아, 이거 죄송합니다."

두 사람이 동시에 손사래를 치며 말했다.

"아니요."

우강은 의기소침한 그들에게 조금이라도 위로가 될는지는 모르지만 자신의 악전고투 경험담을 먼저 말해주기로 했다.

두 사람은 꿈쩍도 하지 않고 우강의 이야기에 귀를 기울이기 시작했다.

"……."

"뭐, 사실상 제가 졌지요. 이렇다 할 공격도 못 해보고 끌려 다녔으니……."

그러자 말없이 경청하던 감치가 얼굴에 웃음을 보이며 말했다.
"하하. 동병상련이 느껴져야 하는데 장 어사가 곤욕을 치렀다니까 왜 이리 고소한지 모르겠소."
우강이 눈을 흘기자 감치가 손을 내저었다.
"아! 미안! 농담이었소. 그건 그렇고 염력에 관해 이야기 좀 해주시오. 우리도 그것 때문에 패잔병이 되어 돌아오지 않았겠소!"
우강은 그들에게 염력에 관해 설명하고 그들이 싸운 이야기를 들었다.
그들은 적의 염력과 완벽한 금강불괴지신에 당해 고전을 면치 못한 거였다.

다음 날이 되자 퇴로가 막힌 그들과 강시들은 무너진 산능선의 잔해들을 힘으로 뚫고 나가려는 것을 멈추고 머리를 쓰기 시작했다.
강시들은 서로를 연결해서 높은 사다리를 만들었다.
산처럼 쌓인 흙과 바위 더미를 타 넘으려는 심산이었다.
꾸역꾸역 올라오는 강시들을 보며 제갈용성이 깃발을 흔들었다.
그러자 일행들은 강시들에게 준비한 화탄을 집어던졌다.

꽈꽈꽝.

거대한 폭발과 함께 강시 사다리의 한 축이 와르르 무너지며 그들은 다시 협곡으로 굴러 떨어졌다.

하지만 직격탄을 맞은 극소수의 강시들을 제외한 나머지 강시들은 오뚝이처럼 다시 일어나 움직이기 시작했다.

제갈용성의 입이 벌어졌다.

"카아! 대단하다."

그가 순수하게 감탄했다면 그 광경을 지켜보던 진영 내 무인 대부분은 질린 표정으로 고개를 절레절레 흔들었다.

그때였다. 신강제일문의 무인 하나가 급히 그들 문주에게 다가가 귀엣말로 속삭였다.

"들기름과 바짝 마른 목재들이 준비되었습니다. 문주님."

"수고했다. 너는 돌아가서 문도들에게 명이 내리면 그 즉시 화공을 준비하라 이르라."

나문각은 급히 상황을 우강에게 알렸다.

우강은 신강제일문의 기지에 감명 받았다.

"허허, 저희가 적으로 만나지 않은 게 다행입니다."

"무슨 소리! 일당 천의 고수가 버티고 있는데, 우리가 어찌 장 어사를 당해내겠소이까!"

그들은 덕담을 주고받으며 바로 화공작전에 돌입했다.

잠시 후, 화광이 충전하며 협곡 일대가 불바다로 변했다.

불은 하늘 끝까지 타오를 것처럼 맹렬했다.

모두가 한마음으로 강시들이 시커먼 재로 변하기를 바랐지만 그들 마음속에는 '과연 강시들에 불에 타죽을까?' 하는 한 가닥의 의구심도 남아 있었다.

당연히 우강도 예외가 아니었다.

그때였다. 강시들 틈 사이로 숨은 듯 보이지 않던 과거 귀곡문의 문주와 부 문주가 신형을 높이 띄워 아군의 진영으로 날아왔다.

그들에겐 앞과 뒤를 막아선 거대한 장애물이 그저 아담한 돌담에 지나지 않은 모양이었다.

"헉! 저건 전설의 어풍비행……!"

누군가의 입에서 감탄과 불안이 뒤섞인 소리가 터져 나오고 장내가 술렁이기 시작했다.

한 움큼의 바람이나 진기만 갖고도 수십 리를 훨훨 날아다닌다는 어풍비행은 가히 경공술의 백미다웠다.

우강과 감치 그리고 나문각은 기다렸다는 듯이 서로의 눈빛을 교환했다.

먼저 감치가 우강에게 물었다.

"자신 있소?"

우강은 씩씩하게 대답했다.

"네, 이번에는 지지 않을 겁니다. 두 분도 잘 해내실 겁니다."

그러자 감치가 허탈하게 웃었다.

"허허허. 그래야지……. 창피하지만 이번엔 우리 둘이 아니니……."

우강은 손을 내저으며 두 사람을 지긋이 응시했다.

"두 분 문주님! 그리 생각하실 것 없습니다. 저도 처음에는 자존심을 생각했지만 그게 아니더라고요. 저들은 인간이 아닌 마물들이니까요."

"……."

두 사람의 문주에겐 문송과 화미궁의 세 여인 그리고 제갈용성이 추가로 동원되었다.

문송은 그의 필살기인 십단금을 그리고 화미궁의 세 여인은 염력을 구사할 것이며, 제갈용성은 자신이 개량에 개량을 거듭한 화총을 사용할 거였다.

그들 5인은 이미 세 사람 뒤에서 조용히 대기하고 있었다.

우강이 먼저 치고나갔다.

멀리서 볼 때 형체가 흐릿하였지만 우강은 곧바로 자신의 상대를 알아보았다.

그는 삼지창 대신에 거무튀튀한 검을 들고 있었다.

우강은 적의 검을 보며 인상을 찌푸렸다.

'저건 운석으로 만든 검이로구나…….'

우강이 그에게 손짓하자 그가 곧바로 우강을 향했다.

두 사람은 부지런히 산을 타넘어 인적이 드문 깊은 산중에 안착했다.

그가 먼저 입을 열었다.

"크크크. 처음 볼 때 네놈의 눈빛이 거슬렸는데, 결국 네놈이 말썽이구나……."

우강은 지지 않고 응수했다.

"이봐요, 그리 죄를 많이 지으면 지옥의 유황불에서 영원히 헤어나지 못한답니다."

"하하하. 가소로운 소리! 내가 누군 줄 아느냐?"

"뭐, 그래 봤자 귀곡문의 악인 중 한 명이겠지요."

그러자 그가 노발대발했다.

"네 이놈! 그 입 닥치지 못할까!"

우강은 그와 거리를 벌리며 말 한마디 한마디에 힘을 주었다.

"뭐. 저마다 억울한 사정은 있겠지요. 하나, 그래도 당신은 영원히 사라져야 할 존재일 뿐입니다."

우강이 말이 채 끝나기고 전에 진노한 그가 검을 내질렀다.

그러자 그의 검에서 검은 기운들이 뭉클뭉클 솟구쳐 피어오르더니 검을 쥔 사람의 형상을 띠기 시작했다.

그런데 하나가 아니었다. 계속 만들어지고 있었다.

우강의 눈이 한없이 커졌다.

'뭐야! 저 도깨비들은…….'

짧은 순간, 거의 백에 달하는 '검은 기운'들이 표표히 날아오자 우강은 가볍게 검을 말아 쥐었다.

그리고 양발을 지면에 굳건히 내디디고 경쾌하게 검을 내리그었다.

우강은 이 순간만큼은 일획만변총람이 방어와 공격을 겸한 최선의 수라 굳게 믿었다.

"야합……!"

쉬이익.

우강의 입에서 천둥 같은 외침이 터져 나오자 그의 기검에서 수많은 기운이 힘차게 뻗어 나갔다.

곧이어 자신의 검기 다발이 몰려오는 도깨비들을 뚫고 지나갈 때만 해도 우강의 얼굴에는 가느다란 미소가 어려 있었다.

한데 쑹쑹 구멍이 뚫렸던 '검은 기운'들이 다시 원래의 형상을 되찾자 우강의 등줄기에서 식은땀이 흘러내리기 시작했다.

우강은 입을 벌리고 그 광경을 지켜보았다.

'뭐야! 연기인가……!'

한데, 그게 아녔다. 연기이며 실체였다.

저릿저릿한 기운들이 느껴지자 우강의 온몸에 소름이 솟

구쳐 오르기 시작했다.

바로 이때, '검은 기운'들이 일제히 우강을 향해 검을 내치기 시작했다.

한데, 자세며 공격하는 부위가 제각각 모두 달랐다.

우강의 목을 좌에서 우로 횡으로 자르려는 도깨비가 있는 반면에, 위에서 아래로 우강을 두 조각내려는 도깨비도 있었다.

하나하나 열거하기 어려울 정도의 도깨비들이 한꺼번에 우강에게 몰려오자, 마치 수많은 까마귀 떼가 일제히 우강에게 덮쳐오는 것 같았다.

위기의 순간 우강이 떠올린 것은 파도였다.

'맞아, 면면부절……! 파랑만리검이닷!'

생각과 동시에 우강은 다시 검을 잡았다.

그 순간 우강의 얼굴에선 필살의 의지가 피워 올랐다.

그건 바로 거대한 해일로 '검은 기운'을 몰아내고 적마저 집어삼킬 강렬한 소망이었다.

우강은 구결을 생각하며, 자신의 손목을 눈에 보이지 않을 정도로 털기 시작했다.

검이 채찍처럼 구불거리며 잔잔한 파도가 일어나더니 곧바로 질풍노도로 변했다.

정말 눈 깜짝할 새였다.

거대한 폭풍이 몰아치듯 엄청난 기파가 밀려들자 전 귀

곡문의 문주는 놀라움을 금치 못했다.

'뭔가! 저건… 혹, 파도인가!'

우강의 파랑만리검이 '검은 기운들'과 맞부딪쳤다.

돌연 우강을 난도질할 것 같은 수많은 '검은 기운'들이 파랑만리검에 밀려 나가기 시작했다.

마치 집채만 한 파도에 떠내려가는 조각배처럼 우강의 시야에서 점점 멀어져갔다.

우강은 그 기세를 몰아 적을 향해 돌진했다.

'이런 제길…….'

전대 귀곡문의 문주는 자신의 신형을 뽑아 뒤로 물러나기에 급급했다.

승기를 잡은 우강이 이번에는 이형환위로 자신의 분신을 만들어내기 시작했다.

하나, 둘, 셋……. 삼십까지 불어난 우강의 분신들이 적을 포위하며 빙빙 돌기 시작했다.

'저놈이 정신 차릴 수 없도록 혼을 쏙 빼놓아야 해. 그래야 저놈의 이마에 부적을 날릴 수 있어…….'

우강은 적의 금강불괴지신을 빠르게 파괴할 수 있는 것을 고민해봤지만, 결국은 부적술밖에는 없다는 것을 깨달았다.

기물은 기물로 상대하는 게 옳다는 생각이었다.

일례로 무형검은 적에게 충격을 줄 수는 있겠지만 그를

살상할 수는 없을 것 같았다.

비록 이기어검보다 상위의 무공이지만 파괴력에서는 이기어검과 동급이었기 때문이었다.

'그래! 저놈은 인간이 아닌 마물이야! 마물은 마물답게 상대해야 해!'

그렇다 해도 적의 이마에 제대로 부적을 붙이기 위해서는 적의 빈틈을 노려야 했다.

우강은 최강의 무공 조합을 생각했다.

우강이 들고 나온 것은 바로 십단금이었다.

운만 따라준다면 십단금으로도 충분히 적을 넘어뜨릴 수 있을 것 같았다.

우강은 즉시 좌수를 쭉 뻗어 십단금을 내질렀다.

우수는 계속 파랑만리검을 시전한 채…….

우강이 삼십의 분신과 함께 공격해오자 그도 가만있지 않았다.

그는 방법을 바꾸었다.

'음, 이거 귀찮게 되었군. 귀곡파천강으로 저놈의 기파를 한방에 뚫어버려야겠다.'

그는 검을 집어넣고 열 손가락을 활짝 펴며, 몸을 빙글빙글 돌기 시작했다.

그는 온몸으로 강력한 바람을 일으켜 우강의 파랑만리검을 저지하며, 동시에 귀곡파천강을 우강을 향해 쏘아 보냈다.

우강은 잔뜩 긴장했다. 일전에 우강이 당한 예의 강력한 회오리를 본 직후였다.

기실, 그건 귀곡문이 자랑하는 귀곡용권풍이었다.

사막의 용권풍을 보고 뛰어난 귀곡의 제자들이 창안해낸 동서고금 최강의 폭풍무였다.

우강은 입술을 깨물었다.

'이런, 파랑만리검을 최고조로 끌어올려야겠군.'

우강이 공력을 끌어올리자 노도와 같은 기파가 적을 향해 몰려가기 시작했다.

우강의 기파와 그의 바람이 한 치의 양보 없이 맞붙었다.

꽈르릉……!

이때, 그가 음흉한 마소를 터트렸다.

'카카카! 곧 네 몸의 몸이 벌집이 될 것이다. 네놈의 실체는 이미 간파한지 오래거든…….'

우강은 자신의 영역으로 날카로운 경기가 파고들자 대경했다.

'악, 저 마물이 파랑만리검을 뚫고 내 실체까지도 파악했단 말인가…….'

우강은 십단금을 보류하고 왼손으로 검막을 치기 시작했다.

그러자 우강의 왼쪽 다섯 손가락이 꿈틀거리며 찬란한 검기가 쭉 뻗어 나오더니, 바람개비처럼 맹렬히 돌기 시작했다.

바로 자신이 창안해낸 십맥신검이었다.

꽈꽈꽝! 꽝, 꽝!

쉴 새 없이 적의 강기들이 우강이 쳐놓은 검막에 부닥쳤다.

우강은 강력한 적의 힘에 전율하며 뒤로 삼 보나 후퇴해야 했다.

전대 귀곡문의 문주는 승리를 자축하려다 우강이 검막을 펼치자 인상을 찌푸렸다.

'저놈이 무적의 귀곡파천강을 막아내다니……. 빨래 대결을 끝내야 하는데…….'

하나, 그의 모습에서 두려움이란 눈 씻고도 찾을 수 없었다.

'난 영세제일인! 나의 무한한 공능을 누가 따를 것인가!'

그는 귀곡파천강을 더욱 세고 빠르게 출수했다.

남은 강시들이 걱정되어 우강을 격파하고 한시라도 빨리 돌아가고 싶었다.

한편, 우강은 지금의 상황에 고개를 절레절레 흔들 수밖에 없었다.

그 또한 신속히 이 국면을 정리하고 다른 격전지로 가볼 생각이었지만 상황이 호락호락 않았다.

그러기는커녕 자칫 조그마한 실수라고 한다면, 그의 목

숨마저 장담할 수 없는 지경이었다.

'음. 좋은 방법이 없을까…….'

그때였다. 우강의 뇌리에서 좋은 생각이 하나 떠올랐다.

틈틈이 연습하긴 했지만 아직 숙달되지 않은 보법이 있었다.

우강의 얼굴에서 살짝 미소가 어렸다.

'그래! 풍상우가 개량한 칠성산형보(七星散形步)라면 적의 눈을 현혹시킬 수 있을 거야. 나를 속인 보법이니…….'

고수들에겐 생각 자체가 곧 움직임이었다.

우강은 자신의 분신 수를 세 명으로 줄이고 좌, 우, 앞, 뒤로 엇박자가 움직이기 시작했다.

우강의 움직임을 지켜보던 그가 가소로운 표정을 지었다.

'저놈이 죽으려고 환장했구나. 그런다고 내 눈에 너의 실체가 보이지 않을 것 같으냐…….'

그는 자신이 파악한 우강에게 공격을 집중했다.

우강은 두근거리는 마음으로 이를 지켜보았다.

이번에도 그가 눈치챈다면 그를 쉽게 죽일 수 없다고 생각했다.

'온다. 온다! 옳거니 나의 허상으로 공격이 집중되는구나…….'

우강은 이 기회를 틈타, 검막을 풀고 전속력으로 앞으로 향하며 왼손으로 십단금을 출수했다.

쇄에엑…….

십단금은 우강의 파랑만리검과 부딪히고 있는 적의 귀곡용권풍을 거슬러 올라가 기어이 그의 몸을 강타하고 말았다.

십단금이 만약 강맹일변의 강기나 검강이라면 귀곡용권풍에 휘말려 튕겨 나왔을 것이다.

그러나 십단금은 명불허전 침투경이었다.

"으으윽!"

그의 내부를 은밀히 침투한 십단금에 그의 신형이 휘청거렸다.

'저놈이! 격산타우(隔山打牛)를 펼치다니…….'

격산타우는 산을 때려 소를 친다는 말이었다.

우강은 자신의 공격이 성공하자 회심의 미소를 지었다.

'바로 이때다……!'

우강은 승기를 잡았다고 확신했다.

우강은 일시적으로 적의 귀곡용권풍이 사라진 틈을 타서 파랑만리검을 중단하고, 그 즉시 부적을 날려 보냈다.

순간 우강의 머릿속으로 한 가닥 상념이 스쳐 지나갔다.

'역시 고수가 되려면 양손을 자유자재로 써야 해!'

쉬이익…….

우강의 기가 머금은 부적은 날카로운 '종이 암기'가 되어 적의 이마를 강타했다.

퍼억.

"으악!"

부적은 눈이 부실 정도의 환한 빛을 내뿜으며 그의 온몸을 불태우기 시작했다.

그는 온몸이 재로 변하는 순간에도 독심을 품고 있었다.

'이대로 나 혼자 죽을 순 없다!'

그가 동귀어진을 생각하고 있을 줄 까맣게 모르고 있던 우강이 그의 앞으로 조금씩 다가갔다.

그러자 그가 처연한 표정으로 입을 열었다.

본인의 진심과 우강을 속이기 위한 거짓이 함께 어우러진 말투로…….

"네놈이 어찌 악기(惡氣)를 잠재우는 부적술을 안단 말이냐! 아하, 정녕 하늘은 나를 버리는 것인가……."

우강은 그의 최후가 다가왔다고 생각하곤 남아 있던 경계심마저 다 풀고 말았다.

"하하! 그냥 인과응보로 생각하시오! 잘 가시오!"

하나, 우강은 그의 보일락 말락 한 미소를 제때에 보지 못했다.

돌연 그의 몸이 재로 산화되면서 무색무취의 독무가 퍼져 나왔다.

우강은 숨을 들이쉬다 갑자기 몸을 부들부들 떨기 시작했다.

'허억! 독이다! 독에 중독되었어!'

바로 그 순간, 그의 마지막 소리가 우강의 뇌리를 파고들었다.

전대 귀곡문의 문주는 하늘로 올라가면서도 기어코 한마디를 남기고 간 것이다.

—카카카! 네놈은 곧 죽을 것이다. 귀곡 최강의 독인 앙천지독에 중독되었으니…….

인상을 구긴 우강은 임시방편으로 죽은피를 급히 내뱉으며 서둘러 자리를 떴다.

'빨리 운기요상을 해야 해! 한시가 급하다고!'

우강은 급히 떠난 것은 앙천지독이 퍼진 주변 산천이 푸르름을 잃고 누렇게 변색해 가고 있었기 때문이었다.

그러나 우강은 자신의 무의식이 별도의 운기요상 없이도 자연스럽게 독을 치유한다는 것을 자각하지 못하고 있었다.

우강은 고개를 넘고 또다시 고개를 넘어 조용한 숲속으로 들어갔다.

눈을 감고 급히 운기요상을 하던 우강은 반각도 되지 않아 눈을 떠야 했다.

누군가 자신에게 다가오는 인기척을 느낀 탓이었다.

우강은 한마디 말을 툭 내뱉었다. 말투에 전혀 힘이 없었다.

자신의 자연진기가 내부에서 앙천지독과 사투 중이라 기진맥진해서 그런 거였다.

'제길! 내자불선 선자불래(來者不善 善者不來)라더니…….'

우강은 자신을 향해 걸어오는 자에게 눈길을 주었다.

역시 선한 자는 오지 않는다는 문구가 이 상황에 딱 들어맞았다.

익히 아는 얼굴이자 지금 마주하고 싶지 않은 얼굴이었다.

"하하하. 천하의 최강현령 장우강이 이리 비루한 모습이라니……."

우강은 독기를 몰아내기 위해 최대한 시간을 끌어야 한다고 생각했다.

하여, 우강은 적개심을 뒤로 감추고 그에게 사람 좋은 미소를 내보냈다.

"안녕하십니까? 임 교주님, 그간 잘 지내셨습니까?"

그러자 임도겸은 비릿하게 웃으며 말했다

"하하. 어린 친구가 세상 물을 조금 먹더니 제법 간사해졌군……. 하나, 그런 사탕발림은 내게 통하지 않아. 난 자넬 죽이러 왔거든."

우강은 마지막 동아줄이라도 잡는 심경이 되었다.

"하하. 이거 왜 이러십니까? 그래도 제가 교주님이 잘 복귀하시라고 그간 신교의 배신자들을 많이 치웠는데 말입니다."

그러자 그가 앙천광소를 터트렸다.

"하하하. 그게 어찌 날 위한 일이었더냐! 웃기지도 않은 말 집어치우고, 깨끗이 죽기나 해라!"

우강은 급히 말을 이었다. 조금이라도 시간을 벌기 위해서였다.

"날 지켜보고 있었소?"

그는 식지를 내밀며 천천히 말했다.

"그렇지, 처음부터 끝까지……."

우강은 그를 보며 히죽 웃었다.

"하하하. 그렇게 된 것이군……."

임도겸은 우강의 태도에 고개를 갸웃거렸지만 이내 머릿속을 파고든 찜찜함을 날려 보냈다.

'설마 무슨 일이라도 있으려고…….'

그 순간 임도겸의 식지에서 핏빛 강기가 쏟아져 나왔다.

하지만 우강의 머리가 터져나갈 것으로 생각하던 임도겸이 돌연 안색을 굳혔다.

우강이 귀신같이 사라지고 자신의 강기가 우강 뒤편의 고목을 산산조각 냈기 때문이다.

임도겸은 하늘을 바라보며 소리쳤다.

"이놈! 날 속였더냐!"

우강은 하늘에서 천천히 하강하며 이죽거렸다.

"네놈이 지금 뭐라고 씨부렁대는 것이냐? 난 네놈처럼 비겁하지 않다!"

우강은 입을 여는 순간에도 정말 아슬아슬했다고 생각했다.

천마신공이 아니었다면 자신은 머리가 터져나가 목 없는 시신이 되었을 것이다.

우강은 잠시, 좀 전의 상황을 회상했다.

우강은 살기 위해 몸부림치다 불현듯 두 가지 사실을 깨달았다.

하나는 자신의 진기가 자신의 의사와 상관없이 독기와 싸우고 있다는 것이고, 또 하나는 자신의 몸속에 월령문의 문도들에게 받은 엄청난 마기가 있다는 거였다.

우강은 그때 그 순간만큼은 자신의 머리를 세게 쥐어박고 싶었다.

'이런 멍청하긴…….'

우강은 다시는 실수를 반복하지 말자 다짐하며 급히 천마신공을 운기했고, 그러자 순식간에 사지백배에 마기가 가득 들어찼다.

하여 임도겸이 강기를 발출하는 순간, 여유롭게 앉은 채로 공중부양 할 수 있었던 거였다.

회상을 끝낸 우강이 임도겸을 바라보며 땅으로 내려섰다.

'음, 저놈의 자존심을 긁어놓아야 도망가지 않을 거야!'

"자, 어쩔 테냐! 비겁한 놈이라 꼬리를 말고 도망치겠지."

우강이 비꼬자 그는 분기탱천했다.

"네놈을 아주 가루로 만들어 주마……."

그 순간, 임도겸의 머릿속에는 오직 한 가지 무공밖에 생각나지 않았다.

그건 천마의 최절초, 천마무극강이었다.

임도겸은 얼마 전, 다년간의 노력 끝에 단지 11성의 기운만으로도 천마무극강을 연성하는 방법을 찾아내었다.

당시 그는 하늘을 나는 기분을 맛보며 중원이 곧 자신의 손바닥에 안에 들어오는 꿈에 부풀어 있었다.

비록 11성이라 한들, 자신을 이길 자가 중원 천지에 있을 수 없다고 생각했다.

사실 그가 12성을 염두에 두지 않은 것은 주화입마의 위험 때문이었고, 천마의 최후도 그러했었다.

그렇지만 오늘 그가 우강과 정체 모를 자의 대결을 보면서 생각을 달리하게 되었다.

그래서 독에 중독된 우강의 뒤를 밟아 우강을 죽이려 했던 것이고…….

상념을 접은 임도겸은 잠시 눈을 감았다가 눈을 떴다.

뭇사람의 오금을 저리게 만들 만한 살인 안광이 한없이 넘실거렸다.

바로 그때, 그의 몸에서 수많은 강기 다발이 뻗어 나오며 우강을 압박하기 시작했다.

우강은 엷은 미소를 띠며 고개를 끄떡였다.

'음. 감 문주님이 말했던 천마의 끝판왕이 등장하는군. 그럼 나도 해볼까! 저놈이 놀라 자빠지게. 하하.'

우강은 똑같은 무공을 펼치기 시작했다. 물론 자신만의 방법으로 손 본 거지만…….

잠시 후, 두 사람이 펼친 강력한 강기 다발들이 정면으로 충돌했다.

꽈아앙.

번천지복(蒜天地覆)이라도 일어나는 듯, 땅들이 춤을 추고 나무의 잎사귀들이 모두 떨어지기 시작했다.

하나, 그 순간 우강은 담담했고, 임도겸은 커다란 충격을 받고 정신없이 뒤로 뒷걸음쳤다.

그는 믿기지 않은 표정으로 입을 열었다.

"네놈이 어찌, 천마무극강을……."

"그건 염라대왕께 물어보시지……."

임도겸은 다시 공격할 채비를 갖추고 다시 맹렬히 우강

을 공격했다.

하나, 공격하면 할수록 자신의 강기 다발이 위력을 잃어가자 그만 이성을 잃고 말았다.

"네 이놈! 죽어라!

순간 마기가 머리까지 치밀어 오르자 그는 비명을 내지르며 후회하기 시작했다.

'아악! 안 돼!'

이미 엎어진 물을 담을 수 없는 법!

한번 들끓어 오른 마기가 걷잡을 수 없이 날뛰기 시작하자 점점 그는 미쳐가기 시작했다.

"크크크……."

그의 마기는 11성의 둑을 넘어 12성의 최정점으로 치달았다.

그러자 우강에게 밀리던 그의 강기 다발이 다시 힘을 내며 강하게 반발했다.

우강은 뒤로 한걸음 물러나며 고개를 절레절레 흔들었다.

'허! 그의 천마신공이 12성에 다다랐군. 그래도 대단한데! 나의 6성 공력과 맞먹다니……."

우강은 다시 내공을 한 차례 더 끌어올렸다.

기실 100인의 내공이 더해진 그의 내공이 비록 순도가 떨어진다 한들 임도겸에 비할 바는 아니었다.

우강이 공력을 끌어올리자 또다시 그가 뒷걸음질하기 시작했다.

그러다 우강이 밀어붙이는 엄청난 압력에 점점 그의 몸이 기괴하게 틀어지며 찌부러져 갔다.

본래의 얼굴을 못 알아볼 정도로 퉁퉁 부어오른 얼굴에선 쉴 새 없이 괴음이 흘러나왔다.

"크으윽……. 크으윽……."

그러던 한순간이었다.

갑자기 선홍빛의 피가 그의 머리에서 솟구쳐 나오더니 그대로 그의 머리가 터져버렸다.

퍼엉……!

우강은 그 모습을 지켜보며 담담히 중얼거렸다.

'끝났군. 아마 천마의 최후도 저러했겠지…….'

우강은 쑥대밭이 되어버린 자리를 벗어나 다시 숲속으로 향했다.

앙천지독을 몰아내기 위해서였다.

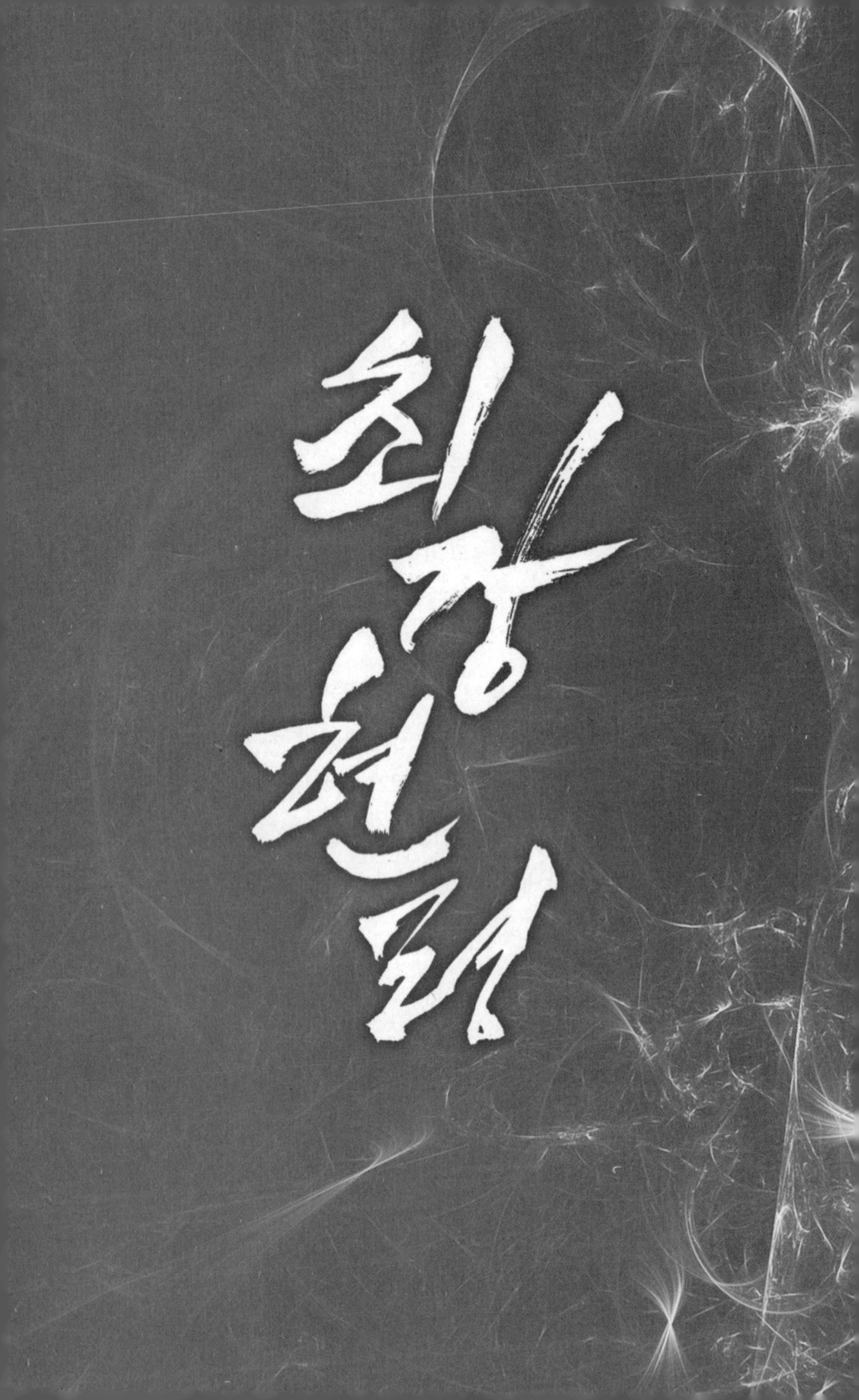

무림왕이 되다

앙천지독은 지독한 독이었다.

우강은 찰거머리처럼 달라붙은 앙천지독을 떨쳐버리는데 무려 보름이나 소비했다.

그동안 먹지도 자지도 못한 우강이 멧돼지 한 마리를 잡고는 게걸스럽게 먹어치웠다.

허기를 달랜 우강이 수풀 속에서 걸어 나오니 영판 딴사람이 되어 있었다.

얼굴은 기름기로 번들거렸고 머리는 이미 산발이 되어 있었다.

지금 우강의 머릿속을 꽉 채운 것은 일행들의 근황과 강시들이었다.
'빨리 가자…….'

우강이 돌아오자 경계로 서던 신강제일문의 무사가 큰소리로 외쳤다.
"장 어사님이 돌아오셨습니다."
그러자 하던 일을 멈춘 군웅들이 일제히 고개를 돌렸다.
그때, 누군가의 외침이 전염병처럼 다른 이에게 옮겨가기 시작했다.
"맞다. 분명히 장 어사님이야!"
"어떤 놈이야, 돌아가셨다고 거짓말한 놈이……."
"……."
우강은 군웅들의 웅성거림을 들으며 멀리서 들리는 병장기 소리에 귀를 쫑긋거렸다.
'음, 아직도 강시들과 싸우고 있나…….'
우강은 경계초소를 넘어 안으로 들어오다 눈이 화등잔만큼 커졌다.
남궁향아의 모습을 본 거였다.
'아니, 향아가 여기에…….'
그녀는 남들의 시선에 아랑곳하지 않고 우강에게 다가서자마자 흐느끼며 그에게 안겼다.
"흑흑, 살아 있을 줄 알았어……."

"미안해! 시간이 좀 걸렸어."

할 말은 많았지만, 두 사람은 입을 다물고 서로의 얼굴을 쳐다보느라 여념이 없었다.

그 순간 많은 인영이 줄줄이 우강에게 달려왔다.

두 사람은 포옹을 풀었고, 우강은 반기며 다가오는 사람들에게 손을 흔들었다.

그 둘 중에서도 제일 먼저 우강의 시선을 잡아당긴 이는 무림맹 무상인 곽천도였다.

'아! 무상 어르신이 오셨구나…….'

한데, 그가 어딘가 많이 지쳐 보이자 우강은 슬그머니 걱정되기 시작했다.

그가 우강을 바라보며 입을 열었다.

"장 어사! 살아 돌아올 줄 알았소……."

"걱정을 끼쳐서 죄송합니다. 무상 어르신. 한데 여기 상황은……."

곽천도는 지금의 상황을 빠르게 우강에게 전하기 시작했다.

"장 어사가 행불된 후에 우리가 도착했지. 곧이어 신교의 정예무사도 도착하고……. 화탄과 화염으로 강시들의 숫자를 많이 줄여 놨다곤 하나, 우리와 신교가 합류한 이후에도 여전히 이천의 강시들은 건재했었네."

"……."

"그래서 우리는 결사대를 조직했네. 강기나 검기를 구사할 줄 아는 이들만 간추려서 강시들을 번갈아 공격하기로 말이야……. 그게 지금까지 이어져 온 거고……."

우강은 씁쓸한 그의 모습에서 상황이 그리 만만찮음을 알 수 있었다.

"그러면 지금 강시들은 얼마나 남았습니까?"

"여전히 천오백은 펄펄 살아 있다네……. 열흘 동안 죽기 살기로 싸웠는데도……. 문제는 결사대가 점점 지쳐가고 있다는 것이지. 다친 사람도 있고……."

우강은 고개를 끄떡였다.

내심 물어볼 것도 많고 여러 궁금증이 치밀었지만 일단 강시들부터 처리하기로 마음먹었다.

"알겠습니다. 제가 다녀오겠습니다."

우강은 곧장 신형을 높이 띄웠다.

"이봐 말하다 말고 어딜 가나?"

"강시들에게요!"

우강은 곧장 군웅들을 뛰어넘어 협곡으로 향했다.

그의 눈에 마교의 무사들과 강시들이 싸우는 모습이 적나라하게 보였다.

"여러분! 장우강입니다. 제가 셋을 외칠 동안 모두 뒤로 물러나십시오. 제가 강시들을 상대하겠습니다. 비책이 있으니 걱정하지 마시고요!"

그들이 물러나자 우강은 강시들에게 곧장 걸어갔다.

강시들이 괴성을 지르며 떼로 몰려오기 시작했다.

카아악…….

우강은 강시들을 보며 중얼거렸다.

'음, 부적이 대략 천장 정도 있으니 오백은 검으로 상대해야겠군.'

생각을 마친 우강은 줄기줄기 뻗은 검강으로 정면의 강시들부터 차근차근 수급을 베었다.

옆이나 뒤에서 공격하는 강시들은 그대로 내버려 두었다.

그래 봤자 자신의 몸에 생채기 하나 남기지 못할 것이므로…….

사실 우강이 무림맹이나 마교의 고수들과 큰 차이가 있다면, 그건 마르지 않는 내공과 금강불괴에 도달한 그의 몸 자체라 할 수 있었다.

시간을 흘러, 싸움이 시작될 때는 어느덧 오후 무렵이었던 것이 깜깜한 밤이 되었다.

우강은 오백의 수급을 땅에 떨어뜨리고 품속에서 부적을 꺼내 들었다. 그런 다음, 우강은 공중을 오가며 대낮까지 훤히 보이는 눈으로 부지런히 강시들의 이마에 부적을 날렸다. 곳곳에서 강시들의 울부짖는 괴성이 듣는 이의 고막을 아프게 했다.

카아악……. 카아악…….

부적에 닿은 강시들이 불타오르자 깜깜한 밤이 대낮처럼 훤히 밝아졌다.

협곡 위에서 지켜보던 군웅들은 저마다 벌린 입을 다물지 못했다.

"허허! 내가 지금 꿈을 꾸고 있는 것은 아니겠지……."

"장 어사님은 사람이 아니야, 신선이야……."

"아니야! 장 어사님은 무림왕이셔……."

"맞아, 무림왕이야……."

"와아, 무림왕!"

누군가의 입에서 시작된 무림왕이 이제는 모든 이의 입에서 흘러나오기 시작했다.

군웅들의 환호성을 끝날 때, 협곡에는 시커먼 재만 가득 남았다.

우강은 발길을 돌려 묵묵히 협곡을 빠져나갔다.

군웅들이 또다시 우강을 연호하며 다가올 때, 우강은 눈에 밟힌 이들을 보며 손을 흔들며 환호했다.

"살아 있었군요!"

우강이 잔뜩 걱정하던 사람이 돌아온 거였다.

돌연한 우강의 외침에 군웅들이 일제히 뒤를 돌아보았다.

그러자 그들의 눈에 여러 사람의 얼굴이 어른거렸다. 모두 상거지가 다름없었다.

그들 모두는 과거에서 온 자를 상대하기 위해 떠난 사람들이었다.

우강은 달려가 그들과 일일이 손을 맞잡았다.

그러자 꾀죄죄한 모습의 제갈용성이 팔뚝에 길쭉이 생긴 피딱지를 떼어내며 말했다.

"형님! 정말 힘들었어요."

"이놈아! 나도……. 죽을 고비를 몇 번을 넘겼는지 모른다."

그들이 정신없이 서로의 안부를 묻고 있을 때, 돌연 우강의 뇌리에 천둥이 쳤다.

—이봐, 장 어사, 우리는 보이지 않는 거야? 우린 오다가 빙산에 갇혀 죽을 뻔했다고…….

우강도 심어로 답했다.

—요지무 어르신, 갑자기 빙산이라뇨? 어찌 된 일입니까?

—여기 오다가. 빙백문과 마주쳤네. 자넬 아느냐고 묻길래 아주 잘 안다고 했더니, 이놈들이 돌변해서 우릴 죽이려고 달려들더군. 그럼 우리가 가만있겠나! 그놈들의 모가지를 하나하나 따주었지.

—…….

—결국엔 우리를 당하지 못하자 문주라는 놈이 '같이 죽자!'라며, 빙정을 삼키고 자폭해버렸지. 그러자 마른하늘에 갑자기 비가 내리더니 거대한 얼음덩어리가 생기더라고! 우린 자네에게 이야기를 들었기에, 서둘러 피했

다네.

—…….

—한데, 저 덜떨어진 무림 병들이 멍청하게 있다가, 빙산에 갇혀버린 거야. 그러니 어쩌겠나, 그들을 구해주고, 우리가 대신 갇힌 거야.

우강은 그 즉시 물었다.

—그렇다면, 빙산 속에서 어찌 생존하신 겁니까?

—이봐, 우리가 바보인가? 빙산 속에 머물게! 우리는 그길로 죽기 살기로 땅을 팠지. 우리가 지겹게 해본 일이라서 문제없었네. 다만 숨이 가빠오기에 빨리 일을 처리해야 했어. 그런데 저 능해강 놈이 지하의 수맥을 건드려서 그만 황산 깊은 골짜기까지 떠내려갔다가 겨우 살아 돌아왔지…….

—근데 무림병들과 어찌 같이 온 건가요?

—저 미련한 놈들이 계속 빙산을 파고 있더라고, 아마 우리를 구하려 했던 것 같아…….

우강은 요지무에게 전모를 듣고 상황이 어찌 흘러간 지 알 수 있었다.

우강의 얼굴에 만감이 교차했다.

'하! 결국에 빙백문이 멸문했구나……!'

어느덧 깊은 밤이 되었는데도 군웅들 누구 한 사람도 자러 가는 사람이 없었다.

제갈용성이 입에 침을 튕기며 자신이 겪은 무영담을 떠들어댔다. 군웅들은 점점 그의 믿기지 않는 무용담에 빠져들고 있었다.

"그러니까요, 여러분 제가 이 화총으로 계속 그놈의 눈을 쏘아대었어요. 그놈 말로는 자신이 금강불괴라고 하더라고요. 그래서 제가 바로 확인에 들어갔죠. 한데 거짓말이었어요. 제가 총으로 쏘았더니 깜짝 놀라 피하기에 급급하더라고요. 토끼처럼 '깡총깡총'……."

"하하하……."

"호호호……."

"세 분 어르신이 절대 그놈에게 시간을 주면 안 된다고 해서 우리는 모두 그가 딴 짓을 못 하게 계속 밀어붙였어요. 옆에 있는 누님들이 눈에 힘을 주자 그놈이 팔짝팔짝 뛰며 싫어했어요. 그게 뭐냐면……. 여러분은 잘 모르실 텐데, 염력이라는 거예요. 헤헤헤."

"……."

"감 문주님이 그의 몸에 검을 겨누면 그의 가슴에서 폭발음이 들렸는데 죽지는 않았어요. 그리고 나 문주님이 검으로 풍압을 만들어 그놈 다리를 묶어 놓으면, 문송 진인께서 십단금을 쏘아 보냈지요."

"……."

"아! 십단금이 무언지 모르신다고요? 그건 침투경이에

요. 헤헤. 그렇게 그놈을 못살게 구니까, 그놈이 발작하기 시작하더군요. 한데도 징글징글하게 죽지 않았어요. 우리는 맹공에 맹공을 가했지요. 그렇지만 그도 기를 쓰고 반격해댔어요. 그의 검에서 '검은 기운'들이 뭉클뭉클 기어나더라고요."

"……."

"그러더니 사람의 형상으로 바뀌어 저희를 공격하는 거예요. 그런데 말이죠! 무공에는 상극이 있다는 말 잘 아시죠, 그의 공격이 나 문주님의 천강풍뢰검에 맥을 못 추는 거였어요. 강력한 풍압에 짓눌러 검은 도깨비 같은 게 전진을 못 한 거죠. 그래서 그가 막 인상을 쓰며 검을 떨치다가 그만 시야에서 저를 놓친 거죠."

"……."

"제가 정확히 그의 두 눈에 화총을 발사했고, 모두 명중했어요. 두 눈이 터져나가자 처음엔 그가 죽은 줄 알았어요. 그래서 우리는 서로 손을 잡고 환호하고 있었지요. 한데 나 참! 그가 꿈틀거리더니 갑자기 도망치기 시작하는 거예요. 그것도 굉장히 빨리……."

"……."

"그래도 하늘은 우리 편이었나 봐요. 그놈이 곳곳에 흔적을 남겼거든요. 바로 눈에서 흐른 피가 문제였던 거죠. 그래도 그는 일주일을 달아나며 버텼어요. 그러나 그는 결국 막다른 절벽 아래로 몰렸지요.”

“…….”

“감 문주님께서 그의 왼쪽 눈에 무형검을, 문송 진인께서 그의 오른쪽 눈에 십단금을 출수했어요. 유일하게 그 두 곳이 그의 금강불괴지신이 파괴된 곳이었어요. 그게 다 저의 화총 덕분에 말입니다. 하하하.”

“…….”

“그렇게 그는 죽었고, 우리는 돌아왔지요. 어딘 줄 몰라 찾아오느라 헤맸지만…….”

제갈용성의 말이 끝나자 군중들은 우레와 같은 손뼉을 쳤고, 우강도 손뼉을 치다 꾸벅꾸벅 졸고 말았다.

다음 연사로 나선 황호청이 군중들의 시선을 한 몸에 받을 때, 우강은 탁자에 머리를 박고 완전히 잠들어버렸다.

쌔쌔…….

그러고는 달콤한 꿈속으로 정신없이 빨려들어 갔다.

우강은 짙푸른 차밭이 펼쳐지는 무이산에서 아름다운 여인들과 찻잎을 따며 환하게 웃고 있었다.

“음냐 음냐…….”

〈최강현령 완결〉

"당하기 전에 내가 먼저 친다."
어느 날 낙마사고를 당한 왕자 프리드.

'나는 고동준이야, 프리드야?!'

기절한 동안 겪었던 동준의 인생이 너무 생생해서
자신이 누구인지 헷갈린다?
하지만 단 하나만은 확실히 안다!

"저것들이 권력을 잡으면 나부터 치겠지."

상황을 파악한 프리드는
자신을 지키기 위해서 왕이 되기로 결정한다.

"돈이 모든 것의 문제요. 모든 것의 해결책이다!

너무나도 현실적인 생각을 가진
왕의 이야기가 시작된다!

왕은 돈이 고프다

어울림 BOOKS

철판코기 퓨전판타지 장편소설